Kenneth Oppel

O VESPEIRO

Ilustrado por
Jon Klassen

Traduzido por
João Sette Camara

Galera

RIO DE JANEIRO

2017

CIP-BRASIL. CATALOGAÇÃO NA PUBLICAÇÃO
SINDICATO NACIONAL DOS EDITORES DE LIVROS, RJ

O71v

Oppel, Kenneth
O vespeiro / Kenneth Oppel; ilustração Jon Klassen; tradução João Sette Camara. - 1. ed. - Rio de Janeiro: Galera Record, 2017.
: il.

Tradução de: The Nest
ISBN 978-85-01-10740-4

1. Ficção canadense. I. Klassen, Jon. II. Sette Camara, João. III. Título.

16-37114   CDD: 028.5
                                        CDU: 087.5

Título original: *The Nest*

Copyright do texto © 2015 by Firewing Productions, Inc.
Copyright das ilustrações © 2015 by Jon Klassen

Todos os direitos reservados.
Proibida a reprodução, no todo ou em parte, através de quaisquer meios.
Os direitos morais do autor foram assegurados.

Texto revisado segundo o novo Acordo Ortográfico da Língua Portuguesa.

Direitos exclusivos de publicação em língua portuguesa somente para o Brasil
adquiridos pela
EDITORA RECORD LTDA.
Rua Argentina, 171 - Rio de Janeiro, RJ - 20921-380 - Tel.: (21) 2585-2000,
que se reserva a propriedade literária desta tradução.

Impresso no Brasil

ISBN 978-85-01-10740-4

Seja um leitor preferencial Record.
Cadastre-se e receba informações sobre nossos
lançamentos e nossas promoções.

Atendimento e venda direta ao leitor:
mdireto@record.com.br ou (21) 2585-2002.

Para Julia, Nathaniel e Sophia

*N*A PRIMEIRA VEZ EM QUE OS VI, PENSEI QUE fossem anjos. O que mais poderiam ser, com aquelas asas finas e pálidas, a música que emanava deles, e a luz que os circundava? Logo tive a sensação de que estavam me observando e esperando, de que me conheciam. Eles me apareceram em sonho na décima noite após o bebê ter nascido.

Tudo à minha volta estava um tanto fora de foco. Eu estava de pé numa espécie de linda caverna, com paredes que reluziam como tecido branco, iluminadas por uma luz que vinha de fora. Os anjos me observavam de cima com atenção, flutuando no ar. Somente um deles se aproximou, muito brilhante e branco. Não sei como, mas eu sabia que era uma fêmea. Emanava luz. Ela era como um borrão, não tinha aparência humana. Possuía enormes olhos escuros e uma espécie de juba feita de luz, e, quando falava, eu não podia ver sua boca se mover, mas sentia as palavras, como uma brisa contra o rosto, e era capaz de entendê-la por completo.

— Viemos por causa do bebê — disse. — Nós viemos ajudar.

*H*AVIA ALGO DE ERRADO COM O BEBÊ, MAS NINguém sabia o que era. Nem a gente, nem os médicos. Após uma semana no hospital, Mamãe e Papai puderam trazê-lo para casa, mas tinham de voltar para lá quase todos os dias a fim de fazer mais exames. Mamãe e Papai sempre voltavam do hospital com novas informações, novas teorias.

Não era como uma virose ou alguma outra coisa da qual o bebê pudesse simplesmente se recuperar. Não era esse tipo de doença. Podia ser um tipo de doença que nunca sarasse. Podia ser que ele não falasse. Podia

ser que ele não andasse. Talvez não conseguisse se alimentar sozinho. Talvez sequer sobrevivesse.

Assim que o bebê nasceu, Papai voltou para casa e me contou sobre o estado de saúde dele. Disse que havia algo de errado com o seu coração, seus olhos e seu cérebro, e que ele provavelmente teria de ser operado. Havia muitas coisas erradas com o bebê.

E provavelmente havia mais detalhes que Mamãe e Papai não estavam me contando — com certeza não tinham dito nada a Nicole. Ela achava que o bebê estava tomando todas as vacinas de uma só vez e que isso era normal: o fato de um bebê ir ao hospital todos os dias, muitas vezes pernoitando lá.

À noite, eu às vezes conseguia ouvir a conversa dos meus pais, e pescava palavras e trechos de frases.

— ... muito raro...

— ... prognóstico ruim... eles não sabem...

— ... degenerativo?

— ... ninguém sabe ao certo...

— ... congênito...

— ... já estamos velhos demais, não deveríamos ter tentado...

— ... nada a ver com isso...

— ... o médico não sabia dizer...

— ... com certeza não se desenvolverá normalmente...

— ...não sabe... ninguém sabe...

Durante o dia, Mamãe e Papai ficavam pesquisando em livros e no computador, lendo sem parar. Às vezes isso parecia alegrá-los, e às vezes, entristecê-los. Eu queria descobrir sobre o que liam e aprendiam, mas eles não falavam muito sobre aquilo.

O sonho com o anjo estava sempre na minha cabeça, mas não contei nada a ninguém. Sabia que era um sonho bobo, mas ele fazia com que eu me sentisse melhor.

Durante o verão, houve mais enxames de vespas do que o normal. Todos falavam disso. Elas geralmente vinham em agosto, mas nesse ano chegaram mais cedo. Papai nem teve tempo de armar seus falsos vespeiros de papel, o que no fim das contas não importava, pois eles não funcionavam direito. Houve um ano em que tentamos usar armadilhas cheias até a metade com limonada para atrair as vespas, que ficavam presas nelas e se afogavam, formando pilhas de cadáveres. Eu odia-

O vespeiro

va vespas, mas também não gostava de vê-las empapadas em sua vala comum, com os poucos sobreviventes tentando em vão escalar a montanha de corpos para alcançar a liberdade. Era como a visão do inferno retratada em uma pintura antiga que eu tinha visto na galeria de arte e jamais esquecido. De qualquer maneira, havia muitas vespas zumbindo em volta da nossa mesa, principalmente em torno da jarra de chá gelado. Fiquei de olho nelas.

Era domingo, e estávamos sentados na varanda do quintal. Todos estavam cansados. Ninguém falou muito. O bebê tirava um cochilo no seu quarto, e a babá eletrônica repousava sobre a mesa com o volume no máximo para que pudéssemos ouvir cada respiração e fungada. Tomávamos chá gelado sob a sombra do guarda-sol. Nicole estava no gramado, onde Mamãe havia estendido um grande cobertor. Ela invadia um castelo de Lego com alguns bonecos, e mantinha seus cavaleiros, sua caixa grande com peças de Lego e seu telefone de brinquedo por perto. Ela adorava aquele telefone. Era feito de plástico e tinha um design antiquado, e você realmente precisava discar os números usando uma espécie de disco transparente. O telefone havia sido de Papai quando ele era pequeno, mas nem estava quebrado. Papai disse que era muito cuidadoso com os seus brinquedos.

De repente, Nicole interrompeu o ataque ao castelo e atendeu ao telefone como se ele tivesse tocado. Depois de uma conversa rápida em que ela riu uma vez e então franziu o cenho como um médico que recebe notícias sérias, ela disse "OK" e desligou.

— Como está o Sr. Ninguém? — gritei para ela.

— Bem — respondeu Nicole.

O Sr. Ninguém era uma piada interna da família. Havia um ano, logo antes de Mamãe engravidar, que costumávamos receber pelo menos uma ligação por dia que era totalmente silenciosa. Sempre que atendíamos ao telefone, ninguém respondia. Quem era? Era ninguém. Papai fez uma queixa à companhia telefônica, que prometeu investigar o ocorrido. As chamadas continuaram a acontecer, no entanto; então, finalmente decidimos trocar de linha, e elas pararam por um tempo. Algumas semanas depois, porém, começamos a receber as ligações outra vez.

Nicole começou a chamar a pessoa do outro lado da linha de Sr. Ninguém. O Sr. Ninguém se divertia nos ligando para não dizer nada. O Sr. Ninguém apenas se sentia sozinho. Ele era brincalhão. Queria fazer amigos. Nicole começou a incluí-lo em suas preces noturnas antes de dormir, dizendo: "E abençoe o Sr. Ninguém."

— Ouviu alguma piada boa hoje, Nicole? — perguntei da varanda. — Alguma notícia interessante?

Nicole virou os olhos para mim, como se eu fosse um idiota.

Duas vespas sobrevoaram a borda do meu copo. Mudei-o de lugar, mas elas voaram na mesma direção; gostavam de bebidas açucaradas. Nunca sequer havia sido picado, mas tinha muito medo das vespas, sempre tive. Sabia que era um medo covarde e irracional, mas sempre que elas voavam perto de mim, minha cabeça se enchia de um barulho de estática e eu começava a golpear freneticamente o ar com as mãos.

Houve uma vez, antes de o bebê nascer, em que tínhamos subido a trilha do monte Maxwell para apreciar a vista; uma vespa começou a zumbir em volta da minha cabeça sem parar, e eu acabei correndo em direção ao despenhadeiro. Papai me agarrou e gritou que eu podia ter morrido. "Segura as pontas!", berrou. Ele gritou "Se controla!". Sempre me lembrava dessas palavras quando via uma vespa. Segura as pontas. Eu precisava me segurar com relação a várias coisas, mas não era muito bom nisso.

Uma terceira vespa chegou voando, mas essa tinha cores diferentes. Em vez de preta e amarela, ela era quase toda branca, com algumas listras prateadas. Possuía o mesmo formato das demais, mas era um pouco maior. As duas outras vespas voaram para longe, enquanto a prateada se acomodou na borda do meu copo.

Quando tentei espantá-la, ela voou na direção do meu rosto, e cheguei para trás na cadeira com tanta força que ela tombou, fazendo um barulho enorme.

— Steve, deixe a vespa quieta — disse meu pai. — Se você fizer esse escândalo todo, é mais provável que elas te piquem.

Mas eu não pude evitar. Eu detestava especialmente quando elas voavam na direção do meu rosto.

— Cadê ela? — perguntei.

— Foi embora — respondeu Mamãe.

O vespeiro

Ela não tinha ido embora, porém. Eu podia senti-la emaranhada em meus cabelos.

Com um grito, tentei esmagá-la e de repente senti uma fisgada precisa e abrasadora na palma da mão. Abaixei o braço, e na parte carnuda próxima ao polegar havia uma pinta vermelha brilhante. Uma sensação de calor já emanava da pele em volta.

— Você foi picado? — perguntou Mamãe.

Eu não consegui responder. Fiquei encarando o ar.

— Francamente — resmungou Papai, se aproximando para examinar a ferida. — Vamos entrar em casa e limpar isso.

A parte inferior da minha mão começou a inchar, da mesma maneira como acontece quando se chega em casa depois de um dia muito frio de inverno e a pele se aquece de repente.

— Está um pouco inchada — disse Papai.

Um tanto atordoado, comparei as duas mãos.

— Está muito mais vermelha do que a outra.

— Vai ficar tudo bem.

Mas eu não me sentia assim. Uma onda de calor me atravessou o corpo. Ela começou no centro das minhas costas e se irradiou para os ombros, e, depois, para os braços. Podia sentir meu coração palpitar rápido.

— Não estou me sentindo bem — falei, e me sentei.

— Você acha que ele é alérgico? — Ouvi minha mãe perguntar com preocupação. Ela apontou para mim. — Olha só.

Eu estava usando uma camiseta, e na parte de cima do braço já dava para ver uma mancha na pele irritada.

— Está coçando? — perguntou Papai.

— Não sei — falei aturdido.

— Está coçando ou não está? — perguntou já sem paciência.

— Sim! Está coçando!

— A mão dele está muito inchada. É melhor você levá-lo — disse Mamãe.

— Para o hospital? — A pura menção da palavra me fazia sentir como se uma descarga elétrica me percorresse o corpo. Meu coração batia forte, e uma onda de calor me dominava. — Eu vou morrer?

Papai suspirou.

— Steve, você não vai morrer. Você só está entrando em pânico, OK? Respira fundo, garoto.

O vespeiro

Era um alívio que Papai não parecesse muito preocupado, apenas cansado. Se ele tivesse feito a mesma
cara de apreensão que Mamãe, acho que eu teria sur-
tado de vez.

— Devíamos aproveitar e alugar logo um quarto no
hospital — disse Papai.

O hospital ficava perto de casa, e a enfermeira que me
atendeu não pareceu me dar muita importância. Ela me
fez beber um anti-histamínico e conseguiu assentos para
nós na sala de espera, que estava lotada. Papai começou
a ler uma revista, mas eu não queria encostar em nada
por conta dos germes. Olhei para as outras pessoas ao
redor. A maioria não parecia muito doente, mas elas tinham de estar com alguma coisa, se não por que esta-
riam no hospital? Elas podiam ter algo contagioso. A
cada quinze minutos eu ia ao banheiro lavar as mãos e
depois lambuzá-las com o gel antisséptico do dosador
que ficava preso à parede. Para não inalar muito daquele
ar de hospital, mantinha minha respiração curta. Espe-
ramos por cerca de duas horas, e, quando o médico foi
me examinar, a mancha irritada no meu braço já começava a desaparecer e minha mão estava menos inchada.

— Você teve uma reação alérgica entre leve e moderada — disse o médico.

Possuía olheiras fundas marcadas por sombras. O médico não olhou para mim enquanto falava; imagino que tenha olhado para pessoas o bastante naquele dia.

— Mas, da próxima vez que você for picado, a reação pode ser pior. Então, vou te receitar uma caneta de adrenalina.

Eu sabia do que se tratava. Estive certa vez na sala de professores e pude ver um mural em que estavam pregados vários sacos plásticos com nomes e fotos de crianças com suas respectivas canetas de adrenalina.

— É bom também que ele tome algumas vacinas para alergia. Assim, vocês não vão ter de se preocupar tanto com uma emergência — disse o médico para Papai.

No estacionamento do hospital, quando sentou-se atrás do volante do carro, Papai soltou um longo suspiro antes de girar a chave de ignição. Aquele era o mesmo hospital onde o bebê tinha nascido. O mesmo hospital para o qual Mamãe e ele voltavam quase todos os dias.

Não conversamos muito no caminho de volta para casa. Sentia-me culpado por ter sido picado e obrigado Papai a me levar para o hospital. Ele parecia cansado. Virou para trás duas vezes para me olhar e perguntar como eu me sentia, e respondi que estava tudo bem. Ele assentiu, sorriu e depois deu um tapinha no meu joelho.

— Desculpe-me por ter perdido a paciência com você — falou.

— Tudo bem.

— Vamos marcar de tomar aquelas vacinas o mais cedo possível.

Eu não estava superanimado com a ideia de tomar várias injeções, mas respondi:

— Obrigado.

Naquela noite eu dormi profundamente; foi quando vi os anjos pela primeira vez.

Ainda sinto medo à noite. Quando durmo, puxo o lençol até cobrir toda a cabeça, deixando apenas um buraquinho por meio do qual eu possa respirar, sem conseguir ver nada. Não quero ver o que está lá fora. Sempre dormi desse jeito. Sinto vergonha disso, e jamais comento sobre o assunto com ninguém. Tenho muitos pesadelos. Um dos piores é um em que acordo, ainda coberto pelo lençol, e sei que há alguém ou algo ao pé da minha cama. O medo me paralisa, me impedindo de me mexer ou de chamar alguém, e então escuto um barulho de papel se rasgando e os lençóis são arrancados de cima do meu corpo. Posso sentir seu peso desaparecer, a repentina golfada de ar frio, e tenho consciência de que estou completamente exposto para o que quer que esteja ali. E é então que eu acordo de verdade.

Quando eu era pequeno, costumava gritar pela Mamãe — era sempre pela Mamãe —, e ela vinha se sentar à beira da minha cama para me acalmar. Às vezes, ela ficava ali e esperava até que eu voltasse a dormir; às vezes, no entanto, ela voltava para o seu quarto e me dizia para chamá-la caso precisasse. Eu me enrolava de novo no lençol e tentava com muita força voltar a dormir.

Naquela época havia um programa na TV de que eu gostava, que era sobre agentes secretos que tinham um laboratório escondido. Para entrar no laborató-

O vespeiro

rio, eles apertavam um botão e parte do chão lentamente afundava, levando-os ao esconderijo subterrâneo. Queria que a minha cama fosse assim. Dessa maneira, sempre que eu sentisse medo, poderia simplesmente apertar um botão e ela afundaria, e depois o chão iria me cobrir, sem que nada pudesse atravessá-lo. Sem que ninguém pudesse romper essa barreira. Eu estaria a salvo e permaneceria intocável no meu pequeno ninho.

Mas a minha cama não era assim. Então, eu costumava ficar escutando os barulhos que a casa fazia durante as suas atividades noturnas, mantendo o aquecedor funcionando e a geladeira gelada, dentre todas as coisas furtivas que a casa fazia à noite. E assim eu tentava voltar a dormir. Porém, às vezes eu não conseguia e começava a ter aquela sensação de novo, a sentir aquele vulto no meu quarto, aquela coisa me olhando ao pé da cama, e tornava a chamar Mamãe. Ela voltava cambaleando e fazia exatamente o que eu queria que tivesse feito desde o começo: perguntar se eu não queria dormir na cama dela. Quando eu era menor, passava muito tempo na cama dos meus pais. Dormia ao lado de Mamãe, bem na beirada, tentando ocupar o mínimo de espaço possível porque não queria que me proibissem de dormir lá.

Jamais contei nada disso a qualquer dos meus amigos; jamais. Sobre meu medo do escuro. Sobre meus pesadelos. Que às vezes dormia na cama dos meus pais.

Na noite após a picada da vespa, podia sentir o pesadelo chegando durante o sono, como uma nuvem carregada de trovões que se forma no horizonte. Um vulto escuro se formou ao pé da minha cama e simplesmente ficou ali parado, me observando.

Então, algo incrível aconteceu. Houve um ruído, uma espécie de vibração musical baixa, e, com ele, surgiram pontinhos de luz. Eu soube disso porque olhei; pela primeira vez na vida, virei-me em meu sonho e olhei. Cada vez mais e mais pontinhos de luz rodeavam o vulto e depois pousavam sobre ele, fazendo a escuridão começar a se dissolver e a desaparecer. O meu alívio foi imenso.

De repente, vi-me como que numa caverna iluminada, deitado de bruços e com a voz dela diante de mim.

O vespeiro

— Viemos por causa do bebê — disse. — Nós viemos ajudar.

— Nós quem? — perguntei.

— Costumamos vir quando as pessoas têm medo ou estão com problemas. Costumamos vir quando há pesar.

Olhei à minha volta para todas as criaturas brilhantes nas paredes e no ar.

— Vocês são anjos?

— Você pode pensar na gente desse jeito.

Eu me levantei. Tentei olhar mais de perto para o anjo à minha frente. A cabeça dela parecia tão grande quanto meu corpo inteiro. Era como se eu estivesse diante daquele enorme leão empalhado do museu, exceto que a sua juba e os seus bigodes eram feitos de luz, possuía olhos enormes e uma boca que nunca se mexia. Era uma criatura magnífica, e não estou seguro de que sequer tinha uma boca; mas conseguia sentir, sempre que ela falava, algo roçando o meu rosto e o cheiro de grama recém-cortada.

— Bem — disse ela —, minha primeira pergunta é: como você está?

— Estou bem, acho.

Ela assentiu com paciência, esperando.

— Estão todos preocupados com o bebê — acrescentei.

— É terrível quando essas coisas acontecem. Mas é algo comum, e há certo conforto nisso, em saber que não se está sozinho — falou a criatura.

— É, acho que não.

— E a sua irmãzinha, como está?

— Chata, como sempre. — Eu começava a me sentir mais à vontade.

— Ah, sim, claro. Irmãzinhas...

— Não acho que ela realmente entenda que o bebê está doente. Doente de verdade.

— É até melhor assim. E os seus pais?

— Estão superpreocupados.

— Naturalmente.

— E com muito medo.

— É claro que estão. Nada é mais assustador do que ter uma criança doente, especialmente uma recém-nascida e tão vulnerável. É a pior coisa que pode acontecer aos pais. E é por isso que viemos ajudar.

— Como vocês podem ajudar?

O vespeiro

— Nós tornamos as coisas melhores.

— Você está falando do bebê?

— Claro.

— Ninguém sabe ao certo o que há de errado com ele.

— Nós sabemos.

— Os anjos sabem de tudo?

— Tudo já é pedir demais! — Ela riu. — Mas a gente sabe o bastante para poder saber o que há de errado com o bebê. É congênito.

— O que isso significa?

— Significa que é algo de nascença. Mas não se preocupe. Eu sei que você é bem apreensivo, mas não é contagioso, e não se pode pegar isso quando se é mais velho.

Fiquei imaginando como ela sabia que eu era apreensivo. Porém, depois pensei que os anjos deviam saber de várias coisas sem que alguém precisasse lhes contar.

— Trata-se de uma pequena falha dentro dele, e nós podemos corrigir essa falha — disse.

— Podem mesmo? — perguntei, com uma ponta de esperança.

— Você sabe o que é DNA, não?

Eu me lembrava da aula de Ciências: todos os pedacinhos que ficam dentro de nossas células, como uma escada em espiral, e que nos tornam quem somos.

— Bem — continuou —, às vezes as pecinhas se confundem. É uma confusão minúscula, mas pode acarretar grandes problemas. As pessoas são muito complexas por dentro.

— Quando? Quando vocês farão tudo isso? — perguntei.

— Em breve. Você verá.

E então eu acordei.

E sperei três dias para contar a Mamãe sobre o meu sonho.

Primeiro decidi que era melhor não falar nada. Eu vivia tendo sonhos estranhos e percebi que isso às vezes a preocupava; então parei de contar para ela. Não queria que se preocupasse. Não queria que pensasse que eu era uma aberração. Hoje, porém, ela parecia tão cansada enquanto alimentava o bebê que pensei que talvez aquele sonho pudesse fazê-la se sentir melhor. Ela sorriu quando lhe contei, mas foi um sorriso melancólico.

— Você sempre teve os sonhos mais interessantes — falou.

— Talvez signifique que vai ficar tudo bem.

Quando eu era pequeno, ela e Papai costumavam frequentar a Igreja, mas já faz uns anos que não vão mais, exceto em ocasiões especiais, como na Páscoa e no Natal. Não tínhamos o hábito de falar sobre Deus ou qualquer coisa do tipo. Nicole rezava à noite para Deus abençoar as pessoas, algo que deve ter aprendido com Mamãe ou Papai. Porém, Mamãe também costumava ler o horóscopo todos os dias: dizia que fazia aquilo por diversão, então, não achei que levasse muito a sério. Uma vez a ouvi dizer que havia algo além de nós no universo, mas eu não sabia o que ela queria dizer com aquilo. Seriam alienígenas ou forças sobrenaturais, talvez? Eu não tinha certeza se ela acreditava em algum deus.

Tudo o que eu sabia era que aquele sonho fez com que me sentisse melhor. Depois que acordei, senti-me simplesmente mais feliz. Não era a primeira vez que um sonho iluminava a minha noite com certa esperança até o dia seguinte.

O vespeiro

Mamãe dava uma mamadeira ao bebê. Ela havia tentado dar-lhe o peito, mas ele não conseguia mamar direito porque tinha os músculos da boca fracos ou algo assim.

Depois, o bebê ficou com sono e Mamãe devolveu-o ao berço. Quando olhava para o bebê, não via nada além disso: um bebê. Ele me parecia normal, feio, parecido com uma tartaruga, com o pescoço todo enrugado. Punhos vermelhos, pequenos e firmes. Nicole tinha a mesma aparência logo que nasceu. E eu também, como puder ver por fotos.

Eis o que o bebê era capaz de fazer: ele dormia muito. Fazia caretas engraçadas. Balançava os braços e as pernas. Botava a língua para fora. Chorava. Grasnava como um pterodátilo. Fazia barulhos quando comia. Às vezes babava e se engasgava, e Mamãe lhe dava tapinhas nas costas. Ele agarrava os dedos mindinhos das pessoas com seus punhos. Ele também ficava olhando para luzes brilhantes. Às vezes ele observava através de você, e às vezes te encarava. Às vezes seus olhos estavam semicerrados, e às vezes, arregalados, brilhantes e curiosos. Dava chutes com as perninhas magras e socava o ar com seus braços.

Mas, quando eu olhava para o bebê, muitas vezes ficava pensando em todas as coisas que eu não podia ver — tudo o que não funcionava direito dentro dele.

Sentia-me um idiota por ter uma babá. Eu não precisava de uma, mas Nicole sim, e eu não queria ter de ficar cuidando dela sempre que Papai e Mamãe estivessem trabalhando ou levando o bebê a alguma consulta médica.

Seu nome era Vanessa, e ela estudava Zoologia na universidade. Estava fazendo um curso durante o verão, e no seu tempo livre ela trabalhava para a gente. Conversava pausadamente, e às vezes eu queria que ela falasse mais rápido. Ficava impaciente esperando que ela terminasse as frases. Morava num apartamento de subsolo que ficava a algumas quadras da nossa casa. Suas roupas tinham um cheiro almiscarado, um fedor de suor. Nicole gostava muito dela. Dizia que Vanessa era boa nas brincadeiras de castelo e nas conversas sobre insetos e cavalos.

Eu estava vendo TV em casa, onde tinha ar condicionado e nenhuma vespa. Papai havia mostrado a Vanes-

O vespeiro

sa minha nova caneta de adrenalina e onde costumávamos guardá-la no armário do banheiro do térreo.

Dava para ver o quintal através das portas de correr
que ficavam nos fundos da casa. Vanessa estava no deck.
Ela se dirigiu à mesa e encheu um copo de limonada
para Nicole, que brincava no balanço. Depois, Vanessa
encarou a mesa de madeira e dela não tirou os olhos.
Tinha um olhar tão intenso que fiquei arrepiado.

Fui até a porta de correr e a abri.

— O que está acontecendo?

— Shh — disse ela sem olhar para cima e acenando
para que eu me aproximasse. Ela balançou a cabeça.
Havia uma vespa enorme sobre a mesa. Ela tinha listras
pálidas pelo corpo, como a que me picara fazia alguns
dias.

— Nunca vi uma assim — falou Vanessa.

— Não é uma vespa-caçadora.

— Nem uma vespa-cega. Hummm. — Ela realmente
havia ficado curiosa. — Talvez seja albina. Mas com certeza é uma vespa social, dessas que constroem vespeiros.

— Como você sabe disso?

— Olha só o que ela está fazendo.

O vespeiro

A vespa arrastava a cabeça sobre o tampo da mesa. Podia-se ouvir um clique baixinho.

— Você está vendo as mandíbulas dela? — sussurrou Vanessa.

— Porque ela está comendo a madeira?

— Ela não está. Os adultos somente comem néctar.

— Então o que está fazendo?

— Coletando a madeira.

No rastro da vespa podia-se notar uma linha tênue onde a superfície da mesa havia sido raspada.

— Ela pega um pouco da fibra da madeira, mistura com a própria saliva e depois regurgita tudo.

— Por quê?

— Para construir o vespeiro. Olha, lá vai ela.

Dei um passo para trás à medida que a vespa levantou voo e cruzou os ares. Quase no mesmo instante, outro inseto pousou atabalhoadamente na mesa. Levei um segundo para me dar conta de que na verdade eram dois bichos. O que estava por cima era uma vespa enorme e prateada, que tentava agarrar e prender uma aranha morta sob o seu corpo. A aranha era maior do que a vespa, que tentou e falhou duas vezes antes de conseguir sair voando, carregando a outra consigo. Vagarosamente, como um avião com excesso de carga, levantou voo com a sua presa e foi na mesma direção da outra vespa. Aquilo fez o café da manhã revirar no meu estômago.

— Deve ter um vespeiro aqui perto — disse Vanessa, colocando as mãos em frente aos olhos à medida que seguia a vespa.

Ela já voava bem alto e não parecia querer me picar, então fui atrás de Vanessa enquanto ela andava em volta de nossa casa, logo depois de passar pelo bordo japonês, a árvore favorita de Papai. Levantamos nossas cabeças o mais alto que podíamos.

— Você está vendo? — perguntou ela. — Está láááá em cima.

Embaixo do beiral, no ponto mais alto do telhado, havia uma pequena bola semiesférica. Pequenos vultos se moviam ao seu redor. Nossa vespa desapareceu lá dentro.

— Ele é todo composto de diferentes fibras de árvores, arbustos e tampos de mesa. Por isso o vespeiro pode ter cores diferentes.

O vespeiro

— Esse é só meio cinza.

Olhei mais atentamente para as tábuas de madeira da nossa cerca e vi pequenas linhas brancas em todas. As vespas estavam-na roendo, bem como a nossa mesa, para construir o seu abrigo.

— É incrível — disse Vanessa. — Essas pequeninas são arquitetas e engenheiras incríveis.

— Sou alérgico — lembrei a ela.

— Eu sei exatamente onde está a sua caneta de adrenalina.

O vespeiro ficava acima e à direita do quarto do bebê.

Ouviu-se o bater de um sino que vinha do final da rua. Nicole chegou correndo com o rosto animado.

— É o homem da faca!

Ela disparou para dentro de casa para poder assistir àquilo da porta da frente. Nicole era fascinada pelo sujeito. Ele tinha começado a passar por aqui naquele verão mesmo. Dirigia devagar uma caminhonete atarracada e estranha, sem janelas, enquanto tocava o sino, para ver se alguém na vizinhança precisava ter suas facas amoladas.

Vanessa e eu seguimos Nicole pela casa. Minha irmãzinha escancarou a porta da frente e ficou na varanda esperando. Era estranho o quanto ficava animada com ele. Na lateral da caminhonete havia muitas pinturas desbotadas de facas, e em letras tortas escritas a mão se lia a palavra "Amola or", porque o *d* já estava gasto demais.

A caminhonete se aproximava de nós. Eu não sabia como o sujeito ganhava dinheiro. Nunca vi ninguém pará-lo para amolar uma faca. No mês passado, antes de o bebê nascer, papai fez sinal para que ele estacionasse, mas acho que foi só para fazer um agrado a Nicole.

Naquele dia, Nicole estava de pé no meio-fio conosco quando a caminhonete parou e o homem da faca saiu dela vestindo um macacão. Antes, eu somente o havia visto de relance. Era um homem mais velho, surpreendentemente alto e um pouco corcunda. O rosto era magro e afundado, e o único cabelo que tinha era uma barba grisalha por fazer. Parecia que seus ossos pertenciam a um corpo maior que o dele.

Papai tirou seu cortador de grama portátil da garagem — porque suas lâminas estavam cegas, havia dito —, e perguntou ao homem da faca se ele podia afiá-lo. O sujeito deu de ombros, apertou os lábios e emitiu um som parecido com "Ehhhh"; então, ficamos sem saber se tinha dito que sim ou que não. Mas ele acabou indo até o porta-malas da caminhonete, pegou uma chave de fenda e começou a remover as lâminas do cortador uma a uma.

Nicole assistia a tudo fascinada. O homem da faca sorriu para ela enquanto removia as lâminas, e deixou que observasse do porta-malas da caminhonete quando começou a afiá-las.

Foi só no final, quando ele estava encaixando as lâminas de volta no cortador, que reparei nas mãos dele. Eram enormes e tinham as juntas grandes, mas ele só possuía quatro dedos em cada mão. Tinham um formato estranho, mais parecidos com alicates do que com dedos.

Mais tarde, Nicole disse ao Papai:

— Acho que ele não é muito bom no trabalho que faz.

— O que você quer dizer com isso?

— O moço cortou os próprios dedos!

Papai gargalhou.

— Ele não cortou os dedos, meu amor. Ele nasceu assim. Já conheci uma pessoa que tinha o mesmo problema.

— Ah... — falou Nicole.

— De qualquer modo, a falta de dedos parece não ter efeito sobre a eficiência do trabalho dele, né?

Papai então começou a testar o cortador, e lascas de grama voaram para todos os lados, deixando no chão um rastro limpo.

— Está bem melhor assim — comentou.

Agora, enquanto eu e Vanessa víamos a caminhonete se aproximar, Nicole nos lançava um olhar suplicante.

— Podemos dar algumas facas para ele afiar?

— Não sei se seus pais gostariam disso, Nicole. Temos de perguntar para eles antes — argumentou Vanessa.

— Tá bom — disse ela, decepcionada.

À medida que a caminhonete se aproximava da nossa casa, o homem da faca se debruçou sobre o volante para poder nos ver de dentro do carro.

Nicole acenou. O homem acenou de volta, abriu um sorriso enorme e parou. Talvez ele não tivesse entendi-

O vespeiro

do que hoje não tínhamos nenhuma faca para ele. Acho que ele não era muito fluente na nossa língua. Porém, de alguma maneira que não era agradável, ele tinha algo de familiar.

— Estamos bem! Obrigado! — falei.

— Tudo bem! Obrigados. Tudo bem! — respondeu ele, tocando o sino de novo e seguindo seu rumo rua abaixo.

Depois que ele foi embora e fez a curva, reparei que eu estivera o tempo todo prendendo a respiração.

No jantar daquela noite, Mamãe e Papai não falaram muito. Geralmente quando iam ao hospital, voltavam com as caras muito sérias, e eu receava perguntar o que havia acontecido. Já Nicole nem reparava. Entre garfadas de purê de batatas com filé de peixe à milanesa, ela falava de castelos, de metal e de seu cavaleiro preferido e suas habilidades especiais. O telefone de brinquedo estava sob o seu assento, como se ela estivesse esperando uma ligação urgente a qualquer momento.

— O Sr. Ninguém contou alguma boa piada hoje? — perguntou Papai a ela.

Nicole balançou a cabeça e franziu o cenho.

— Ele não estava para piadas hoje.

— Que pena — disse Papai.

— Tem um vespeiro na nossa casa — comentei. — Lá no alto, embaixo do telhado.

— Sério? — indagou Mamãe.

— Eu e Vanessa o vimos. A gente não deveria chamar o dedetizador ou algo do gênero?

Papai assentiu.

— Pode deixar. Eu contrato alguém.

— Você marcou um horário no alergista para Steve? — perguntou Mamãe.

— Vou fazer isso amanhã.

— Como está o bebê? — perguntei finalmente.

— Conseguimos marcar um horário com uma especialista que, ao que tudo indica, é muito boa. É uma das poucas pessoas que entende dessas coisas.

— E depois disso o bebê vai ficar bom de vez — disse Nicole.

Papai sorriu.

— Não temos certeza disso, Nic. De qualquer modo, vamos poder entender melhor o que ele tem.

O vespeiro

— Eu também era doente quando nasci — declarou Nicole.

— Você não era — contestou Papai.

— Era sim. Eu era amarela — protestou com indignação.

Papai soltou uma gargalhada pelo nariz.

— Aquilo era só icterícia. Icterícia neonatal. Muitos bebês têm isso. Desaparece em quinze dias.

Mamãe lançou um olhar para Papai.

— Mas ficamos muito preocupados, lembra? Pelo menos na época parecia preocupante.

Eu odiava quando os olhos dela se enchiam d'água. Ficava assustado, pensando que ela já não era minha mãe, mas uma criatura frágil que podia se quebrar.

Depois do jantar, enquanto Mamãe dava banho em Nicole e eu ajudava Papai a lavar a louça, ele me disse:

— Como você está, campeão?

— Bem — falei, dando de ombros.

— As coisas andam meio loucas por aqui.

— O bebê vai morrer?

Ele colocava os pratos na máquina de lavar de qualquer jeito. Geralmente ele era muito meticuloso quanto a isso.

— Não, acho que não. A coisa não é desse jeito na verdade. Há muitas coisas que...

Papai buscava as palavras.

— Muitas coisas não funcionam como deveriam. E algumas delas são tratáveis, mas muitas outras estão relacionadas ao nível das suas habilidades e a como ele vai se desenvolver no futuro. Elas influenciam se ele vai ser alguém de alto funcionamento ou de baixo funcionamento.

— Baixo funcionamento — repeti. Aquilo soava como algo que se diria sobre uma máquina, e não sobre uma pessoa.

— Eu sei, é um termo horrível.

Mudei uma travessa de lugar para que ela não ocupasse metade da prateleira da lavadora de pratos.

— Então... nós somos de alto funcionamento?

Papai riu de leve entre os dentes.

— É o que se diz. Mas tem dias em que a gente nem se sente assim, não é mesmo?

O vespeiro

Fiquei imaginando se ele se referia a mim. Eu com certeza me sentia de baixo funcionamento às vezes.

— Tem algo a ver com o DNA dele, não?

Papai me encarou.

— Exatamente.

— Congênito — acrescentei. Saber que palavras dizer me trazia conforto. Era como se, ao saber o nome das coisas, eu tivesse certo poder sobre elas.

— Sim, ele nasceu com isso. E aparentemente é bem raro. Ainda não há muitos casos documentados. Só deram um nome para a doença faz uns dois anos.

Eu estava prestes a perguntar qual era o nome, mas preferi não, e não sei o porquê. Aquela era uma palavra que eu não queria conhecer.

Mais tarde, quando eu estava indo dormir, Mamãe me abraçou e me agradeceu por eu ser tão corajoso.

— Eu não sou corajoso.

— Desculpe por a gente passar tanto tempo fora. Isso não vai ser assim para sempre...

Não queria que seus olhos se enchessem de lágrimas outra vez, então eu disse:

— Temos que fazer alguma coisa com relação àquele vespeiro. Não quero ser picado de novo. E ele está muito próximo do quarto do bebê — acrescentei, na esperança de que assim ela levasse o assunto mais a sério.

— Vamos dar um jeito nisso.

— Você já acreditou em anjos? — perguntei.

Ela sorriu.

— Talvez algum dia, quando eu era pequena.

— E agora não?

— Não sei se acredito, Steve. É uma ideia boa, mas acho que não.

Antes de eu desligar o abajur sobre o criado-mudo, reli as minhas duas listas. Primeiro li todas as coisas pelas quais eu deveria ser grato. Muitas vezes eu me sentia cabisbaixo sem saber o motivo, e pensei que essa seria uma boa maneira de me fazer recordar tudo de bom que havia na minha vida. A lista agora já era grande, ocupava quatro folhas arrancadas de um caderno. Às vezes eu adicionava novas coisas a ela. A última foi: Nosso bebê.

A outra lista era a de pessoas que eu queria que ficassem a salvo. Não sei bem para quem eu pedia aquilo.

O vespeiro

Talvez para Deus, mas eu não acreditava realmente em Deus, então não dava para chamar aquilo de oração. Na verdade, era mais ou menos como Nicole pedia as bênçãos dela à noite. Aquela era a maneira que eu encontrara de garantir que ninguém entre as pessoas que eu conhecia se machucaria. A lista começava com Mamãe, Papai, Nicole e o bebê, e depois passava para os meus avós, tios, primos e amigos Brendan e Sanjay. Se eu perdesse o fio da meada durante a leitura, ou se receasse ter esquecido de ler algum nome, recomeçava a ler a lista do topo, por desencargo de consciência. Eu terminava a leitura com o bebê, para garantir duplamente que não havia me esquecido de ler o seu nome.

Depois desliguei a luz, puxei o lençol sobre o meu rosto, ajustei o buraco para respirar e dormi.

*N*ÃO IMAGINEI QUE FOSSE VOLTAR A VÊ-LOS, MAS naquela noite eu os vi. Eu estava na caverna lindamente iluminada, e desta vez me mantive mais concentrado e atento. As paredes da caverna me lembravam daquelas persianas japonesas de papel que Brendan tinha no quarto dele. As paredes curvas se elevavam sobre mim. A sensação de estar lá dentro era boa, como um raio de sol esquentando seu rosto através da janela do carro apesar de ser inverno lá fora.

E eu sabia da presença dos anjos; via-os se mover acima de mim, nas paredes, no teto em forma de domo, com suas asas inquietas, e um farfalhar agradável preenchia o ar. E então, de repente, um dos anjos ficou muito perto de mim, e na hora tive certeza de que era o mesmo com quem eu havia conversado antes.

— Olá outra vez — disse ela.

Eu ainda não conseguia me concentrar muito bem no seu rosto. Era como naquela vez em que o oftalmologista dilatou minhas pupilas e eu não conseguia ler nada nem ver qualquer coisa de perto. O anjo estava tão próximo de mim que tudo o que eu podia ver era um borrão de luz. Era toda branca e preta. Não sentia nenhum medo dela. Luz irradiava do seu rosto. Seus olhos escuros eram enormes. Até onde eu podia ver, não possuía ouvidos. A boca era estranhamente inclinada para o lado. Seu rosto era marcado por padrões geométricos.

— Como você está? — perguntou ela.

Eu sentia cada palavra me acariciando, como se algo muito macio afagasse minhas bochechas, minha garganta.

— Bem — respondi.

— E sua família se encontra bem também, eu espero.

Ela era muito educada.

O vespeiro

— Acho que sim. — Senti como se eu devesse devolver a pergunta. — E vocês, como estão?

— Ah, muito ocupadas, como pode ver. Muito, muito ocupadas, como sempre.

— Achei que não fosse voltar a vê-las.

— É claro que você nos verá outras vezes.

Eu gostava muito dela. Ela me parecia tão tranquila e simpática, e eu nunca fui de ter muitos amigos. Na escola, passava a maior parte do tempo do lanche e do recreio lendo. Ficava fazendo palavras cruzadas, de que eu gostava muito. Eu não achava legal a maneira como as crianças falavam umas com as outras. Não era um menino popular; nunca fui.

— Estamos aqui para ajudar, e vamos ficar até que nosso trabalho esteja terminado.

— Vocês vão consertar o bebê? — falei com hesitação. Queria ter certeza de que eu havia entendido direito o que ela me dissera da outra vez.

— Claro, é por isso que estamos aqui.

Houve uma pausa breve; aproveitei para admirar a linda caverna, e a simples visão da luz me encheu de alegria.

— Quando vocês vão consertá-lo?

— Em breve. Não se preocupe.

— O que eu não consigo entender é... — Eu não queria parecer mal-educado.

— Prossiga — disse ela, gentilmente.

— Bem, como é que vocês vão consertar o bebê?

Seria por algum tipo de cirurgia angelical? Talvez o ritual envolvesse feitiços, remédios de verdade ou apenas invocações. Será que fariam nele essas mesmas carícias mágicas e diáfanas que estou sentindo agora?

— Bem — respondeu ela —, para começar, "consertar" é uma palavra um tanto estranha de se usar nesse caso, você não acha?

— Sim. — Rimos juntos.

— Usamos consertar quando falamos de carros ou máquinas de lavar. Estamos falando de um ser humano! A criatura mais gloriosa e complexa deste planeta! Não se pode simplesmente chegar e consertar um ser humano como se fosse um motor. É uma tarefa extremamente difícil, até quando tudo parece correr bem.

O vespeiro

— Tenho certeza de que sim.

— E neste caso em particular, é uma tarefa quase impossível.

— Ah — falei surpreso.

Pela primeira vez, me dei conta de que eu estava de pé num tipo de parapeito feito de fibras, e, se eu olhasse para baixo, podia ver que a caverna ia se aprofundando e contraindo até formar um círculo de luz brilhante. Havia bastante agitação lá embaixo, mas a luz que emanava dali era ofuscante. Eu preferia a iluminação mais suave que atravessava as paredes da parte de cima da caverna.

— Não estou entendendo. Você disse que podia consertar o bebê.

— "Consertar". "Reparar". Trata-se apenas de palavras, na verdade. Não nos atenhamos a elas. O que importa é que o bebê vai ficar bem e completamente saudável.

— OK. — Assenti.

— Não se trata de um problema que se pode resolver com esparadrapo e linha de costura. Não, não, não, temos de resolvê-lo da maneira correta. Voltar para o começo de tudo. Ir até o fundo. É assim que as coisas devem ser feitas. Aqui não fazemos as coisas pela metade!

— Quer dizer que vocês vão mexer no DNA? — falei, sem ter certeza de que estava conseguindo acompanhar a conversa. Mesmo assim, quis parecer informado para talvez impressioná-la um pouco.

— Isso, DNA, como você é esperto! Sim, você está no caminho certo. Na verdade, vamos agir mais profundamente, além do DNA, e é isso o que vai fazer toda a diferença.

— Então vocês podem mesmo fazê-lo melhorar — falei, aliviado.

— É claro que sim, mas tenha cuidado. — Sua voz se abrandou, como se me confiasse um segredo. — Talvez algumas pessoas tentem nos impedir.

Balancei a cabeça.

— E quem faria isso?

— Você não costuma vê-los, mas é possível sentir sua presença.

Imediatamente pensei no vulto dos meus pesadelos, sombriamente parado ao pé da cama, e em como algumas noites atrás, no meu sonho, os anjos tinham vindo e o feito desaparecer como fumaça.

Quando acordei, já era de manhã e eu me sentia realmente feliz. Foi só alguns segundos depois, quando despertei para valer, que me dei conta de que aquilo não havia passado de um sonho; anjos não viriam consertar o bebê.

À tarde, Vanessa trouxe um grande saco plástico que continha alguns pedaços de um antigo vespeiro. Ela nos mostrou tudo na mesa da cozinha. Nicole rapidamente se animou e saiu pegando todos aqueles fragmentos. Eu fiquei mais apreensivo. Só de olhar para aquilo sentia vontade de lavar as mãos.

— Você trouxe isso para tentar fazer com que eu tenha menos medo das vespas? — perguntei.

Vanessa deu de ombros.

— Eu só peguei emprestado do laboratório porque pensei que vocês achariam interessante.

Os pedaços de vespeiro continham fileiras e mais fileiras de celas hexagonais vazias.

— Parece um favo de mel! — comentou Nicole.

— Isso mesmo! — concordou Vanessa. — E tudo começa com a vespa-rainha. Ela inicia a construção do vespeiro. Às vezes ela o constrói embaixo da terra, às vezes, no tronco de árvores ou pendurado em um dos galhos, e às vezes, embaixo de beirais como o seu.

— Como ela faz isso? — indagou Nicole.

— Tudo começa com um pouco de fibra de madeira e saliva que a rainha cospe e usa para fazer um pequeno cabo no teto do vespeiro, que depois vai virando uma espécie de guarda-chuva até se fechar, e na parte de baixo ela constrói pequenas celas de papel como essas daqui. A rainha bota um ovo em cada uma delas.

— De onde nasce uma vespa bebê — disse Nicole.

— Bem, quando o ovo se abre, o que sai dali ainda não é exatamente uma vespa.

Com sua maneira calma e lenta de falar, Vanessa parecia uma professora. Aquilo me irritava, mas o que ela estava dizendo era interessante de verdade.

— O que nasce do ovo se chama larva.

— O que é isso? — Nicole semicerrou os olhos, desconfiada.

O vespeiro

— É uma coisa branca e muito pequena, parecida com uma minhoca. Ela tem só uma boca e dois pontinhos pretos que são os olhos, e tudo o que faz é comer e comer.

— O que ela come? — Nicole estava muito curiosa.

— Fico feliz com sua pergunta — respondeu Vanessa, e ela realmente parecia ter ficado feliz. — Geralmente, insetos mortos. A vespa-rainha pode, por exemplo, devorar a cabeça de um zangão e levar de volta para o vespeiro o corpo decapitado. As vespas são capazes de matar insetos muito maiores do que elas.

— A gente viu uma carregando aquela aranha enorme, lembra? — comentei com Vanessa.

— Uau! — exclamou Nicole, impressionada.

— Depois, a larva vai crescendo e crescendo, até que se fecha dentro de sua cela usando a seda que fabrica. Nesse estágio, ela já não come e já não se chama mais larva.

— Se chama pupa — falei, lembrando-me da aula de Biologia. Queria mostrar a Nicole que Vanessa não era a única que sabia coisas interessantes.

— É isso aí — concordou Vanessa. — E apesar de a pupa não se alimentar, ela passa por uma mudança, uma transformação. Quando a transformação termina, ela vai lá e abre a cela! E se arrasta para fora dela! Então ela é uma vespa-operária adulta!

Ela encenou essa última parte muito bem, imitando uma vespa que tentava abrir caminho para chegar ao ar livre, e fingindo que suas mãos eram um par de mandíbulas famintas.

— Que legal! — exclamou Nicole, observando atentamente todas as celas do vespeiro. — Deve ter tantos desses carinhas voando por aí!

— Sim, mas elas são todas meninas — afirmou Vanessa.

Nicole parecia maravilhada.

— Sério?

— Sério, cada uma delas. E depois elas começam a aumentar o tamanho do vespeiro e a alimentar as novas larvas.

— Com mais insetos mortos — falou Nicole.

— Sim, mas, uma vez que se tornam adultas, as vespas somente se alimentam de néctar. E ao colher o néctar, elas polinizam plantas. As abelhas não são as únicas polinizadoras. As vespas também são importantes. Nosso planeta precisa delas.

— E o que a rainha faz depois? — perguntei. — Agora que todos trabalham para ela?

— A rainha bota mais ovos. Só isso.

— Todas as vespas viram rainhas? — indagou Nicole.

Vanessa balançou a cabeça.

— As operárias são todas estéreis.

— O que isso quer dizer?

— Quer dizer que elas não podem ter bebês. Mas no final do verão, quando o vespeiro já está todo construído, a rainha bota os seus últimos ovos. Desses ovos nascem alguns machos e fêmeas que não são estéreis. Essas fêmeas vão se tornar novas rainhas e vão construir seus próprios vespeiros no ano seguinte.

Finalmente criei coragem e peguei um pedaço do vespeiro, que era áspero e seco.

— Que feio.

Vanessa deu de ombros.

— Não sei, eu até que acho meio bonito. Vários animais fazem ninhos. Os pássaros, para os seus ovos. Os esquilos fazem tocas para dormir durante o inverno; os ursos, covis, e os coelhos, madrigueiras.

— Nós não fazemos ninhos — comentou Nicole, rindo.

— É claro que fazemos. Nossas casas na verdade são grandes ninhos, lugares em que se pode dormir, estar a salvo e crescer.

Ele foi direto até a porta.

Eu estava sozinho em casa. Mamãe e Papai haviam levado o bebê à médica especialista. Vanessa tinha saído mais cedo para deixar Nicole na casa de uma amiguinha que ficava a duas quadras da nossa. Eu tinha que ir buscá-la dentro de duas horas.

Estava lendo no meu quarto quando ouvi o som de um sino que parecia deslocado na rua de um centro urbano. Tentei não prestar atenção e voltar à leitura. Era um livro que eu amava e que voltava a ler sempre que queria escapar para um mundo mais divertido, mas não conseguia me concentrar. Ouvi o som abafado da caminhonete do homem da faca que se aproximava, e a cada badalada escutava o sino com mais intensidade.

Minha janela dava para a rua, mas eu não tinha a intenção de me aproximar dela para olhar. Fiquei na cama com o livro, que agora parecia uma confusão de palavras ilegíveis. Ouvi outra badalada e tive certeza de que a caminhonete estava bem na frente da casa. Esperei até que o barulho do motor desaparecesse no horizonte, mas, quando soou a badalada seguinte, o barulho permanecia no mesmo lugar. O motor da caminhonete rodava em marcha lenta. Fiquei esperando. Talvez um dos vizinhos da frente tivesse pedido para ele afiar alguma coisa. Senti como se uma sombra que se avolumava invadisse meu quarto.

Quando bateram na porta, senti espasmos por todo o corpo. Aquela não era uma batida educada. A aldrava de metal à moda antiga foi golpeada contra a porta três, quatro, cinco vezes.

Fiquei deitado e imóvel. Respirei sofregamente e tentei prender a respiração, um, dois, três, quatro, mas não conseguia. Eu precisava de ar.

Toc! Toc!

Meu corpo foi atravessado pelo mesmo calafrio que sentia durante meus pesadelos. Desejei que o chão se abrisse, que minha cama afundasse e o assoalho se fechasse e me protegesse.

Arfei e escorreguei para fora da cama. De bruços, arrastei-me pelo chão até a janela e ergui meu corpo até que eu ficasse ajoelhado. Levantei um pouquinho a cabeça até o peitoril da janela. Vi as casas do outro lado da rua e um carteiro que ia de porta em porta. Quando levantei mais a cabeça, pude ver a rua e a caminhonete no meio-fio. Esticando-me um pouco mais, enxerguei a grama do jardim e o caminho que levava à porta da frente. Não havia ninguém na cabine da caminhonete.

Sem dúvida era o homem da faca que batia sem parar na porta da frente.

Nosso vizinho do lado, Mikhael, cortava a grama, mas como estava usando fones de ouvido, sequer notou a presença do homem da faca. Alguns carros passaram pela rua.

Toc! Toc! Toc!

O barulho fez com que um raio de eletricidade vermelha atravessasse minha cabeça. Paralisado, olhei através da janela, e finalmente vi o homem da faca voltar para sua caminhonete. Espiando de relance do pei-

O vespeiro

toril, segui-o com os olhos. Quando estava no meio do caminho, subitamente deu meia-volta e me encarou. Seu olhar foi direto para mim ali no quarto, como se ele soubesse o tempo todo que eu estava lá.

Com uma de suas mãos disformes, apontou para a caminhonete. Com a outra, ergueu uma faca e balançou-a de um lado a outro para que a lâmina refletisse a luz do sol. Não se tratava de uma faca de cozinha comum. Era maior, e a lâmina tinha uma curva estranha. Ele encolheu os ombros, como quem faz uma pergunta.

Em desespero, desviei o olhar para meu vizinho. Ele ainda empurrava o cortador de grama, mas agora estava de frente para nossa casa. A essa altura, ele com certeza já devia ter visto o homem da faca! Por que não estava chamando a polícia, então? Talvez tivesse decidido que era melhor ignorar um velho louco carregando uma faca.

O homem da faca começou a andar de volta para minha casa, e o perdi de vista à medida que ele pisou na varanda. Encolhi-me atrás do aquecedor, e senti a frieza do metal contra a bochecha. Meu coração batia forte; tive medo de desmaiar. Se ele batesse à porta de novo, eu correria para fora de casa pelos fundos e pularia a cerca até chegar à rua de trás.

Alguns segundos mais tarde, no entanto, ouvi o motor da caminhonete começar a rodar mais rápido, e, quando o sino foi tocado outra vez, a badalada já soava mais longínqua. Em breve já não daria para escutá-la.

Desci as escadas com os joelhos parecendo gelatina. Cautelosamente, olhei através da janela esguia que ficava ao lado da porta da frente. Deitada sobre a varanda estava a faca de lâmina estranhamente curva.

— É muito estranha — disse Papai ao olhar para a faca.

Eu a havia trazido para dentro de casa e guardado numa velha caixa de sapatos. Considerando seu tamanho, ela era surpreendentemente leve. O cabo proporcionava uma boa pegada, e parecia... *se encaixar* na minha mão. Nem precisei tocar a lâmina para saber quão afiada ela era.

— Por que será que ele largou a faca desse jeito? — perguntei.

— Talvez a tenha deixado como amostra de como é bom seu trabalho. Não tenho certeza. Ele é de uma outra época...

— Você acha que devemos chamar a polícia? — indagou Mamãe.

Estávamos na cozinha. Nicole assistia à TV. O bebê havia caído no sono no caminho de volta da médica e cochilava na sala ainda na sua cadeira para carro.

Papai fez uma careta e suspirou.

— Ele é só um velho esquisito...

— Ele não parava de bater na porta! — falei.

— O homem provavelmente estava só esperando que fôssemos lhe dar mais um trabalho. Ele não deve ganhar muito dinheiro. Estive conversando com os Howland (sabe, aqueles que moram no número 27), e, quando mencionei o homem da faca, eles me olharam como se eu fosse maluco. Disseram que nunca o tinham visto. E eu aqui sentindo como se ele tivesse passado pela rua praticamente todas as semanas deste verão.

— Bem, ele realmente me deixou com medo — comentei.

— Deve ter sido assustador mesmo — disse Mamãe, pousando a mão quente sobre minha nuca.

— Porque ele não parava de bater.

— Vou guardar a faca num lugar seguro — disse Papai. — Ela é muito afiada. Não mexa nela, está bem, Steve? Na próxima vez em que eu encontrar o homem, devolvo-a a ele e peço para que não bata mais a nossa porta. — Papai me olhou com um sorriso compreensivo. — Tenho certeza de que ele é inofensivo, mas você acertou em não abrir a porta.

Eu não sabia como explicar aquilo para meus pais, mas o homem da faca me parecia familiar. Ele parecia um pesadelo. De repente, me lembrei daquilo que o anjo me havia dito no sonho, sobre como algumas pessoas tentariam impedi-los de curar o bebê.

Então, pensei: *E se ele voltar para buscar a faca?*

As paredes luminosas. O tamborilar da música. O brilho das asas, e o anjo voltando para me cumprimentar logo em seguida.

— Olá, olá — falou com alegria. — Estou muito feliz por vê-lo de novo.

Do jeito como falou, até parecia que eu tinha alguma alternativa.

— Vim direto para cá — contei.

Eu gostava de como ela me tocava a bochecha enquanto falava comigo, e agora eu já conseguia vê-la com um pouco mais de clareza. Seus olhos grandes eram na verdade enormes, sem pupila ou íris. Pura escuridão. E parecia haver, no meio da sua testa, um pontinho escuro — talvez fosse um terceiro olho, eu não sabia bem. Do topo da sua cabeça saíam como que dois grossos pelos de bigode, filamentos maleáveis de luz, e era com um desses filamentos que ela me tocava enquanto falava. Era como uma ponte que permitia a comunicação.

— Bem, sempre há uma alternativa — falou. — Sempre. Como vão as coisas?

— OK.

— OK é uma palavra vaga demais. Você, que é um garoto tão esperto, pode desenvolver melhor essa resposta. Como está sua família, sua irmã? Como está o bebê?

— Ainda está doente, mas eles acham que uma operação pode ajudá-lo. Eles foram se consultar com uma especialista. O bebê precisa de uma operação no coração.

O vespeiro

— Entendo.

Uma parte de mim tinha bastante consciência de que aquilo era um sonho; portanto, fui mais ousado que de costume.

— Quando vocês vão curar o bebê?

— Meu querido garoto, estamos trabalhando nisso agora, sem parar. Aqui ninguém faz corpo mole!

— Sério? Como?

— Enquanto conversamos, estamos cuidando dele, nutrindo-o e deixando que cresça. Ele vai ficar muito saudável. Ainda é muito pequeno, mas, ah, já consigo ver que ele vai ser muito bonito!

Sorri e pensei nos barulhinhos de dinossauro que ele fazia.

— Ele já é bonitinho às vezes.

— Bem, espere só até você vê-lo adequadamente. Espere até que ele esteja no berço.

Não compreendi.

— Mas ele já está no berço.

— Não seu bebê novo.

Isso me fez franzir o cenho.

— O que você quer dizer com "bebê novo"?

Por um momento, pareceu que a música dentro da caverna tinha acabado, e as asas prateadas já não se moviam mais.

— Já conversamos sobre isso — disse ela. — É assim que o estamos consertando. Estamos substituindo todas as partes dele.

Substituindo. O silêncio ainda reinava na caverna iluminada, como se aquelas presenças angelicais estivessem esperando pela minha resposta.

— Mas eu não... isso não é o que eu pensava que vocês... — Não consegui terminar a frase.

— Ah, Steven... Steven, não se preocupe. Peço desculpas se não me expliquei direito. É tudo culpa minha. Me perdoe. Tudo correrá perfeitamente. Um dia (e ele não vai tardar em chegar; sei que as coisas parecem demorar para sempre quando se está ansioso com relação a algum assunto), um dia você vai acordar e o bebê adequado estará lá, só isso.

— Mas... e o nosso bebê, para onde vai?

— O bebê novo será seu bebê.

Eu balançava a cabeça, sem entender.

— Mas e... o bebê velho?

O vespeiro

— Acho que não compreendo sua pergunta. — Ela inclinou a cabeça para um lado.

— Esse aqui, que está com a gente agora. Ele não vai estar mais aqui depois?

— E por que ele ficaria? Você vai chamá-lo pelo mesmo nome, é claro. Ele será idêntico. Ninguém saberá nada, exceto nós.

— Mas esse bebê novo, de onde ele vai vir?

— Bem, estamos criando ele agora, não estamos? Bem aqui no nosso vespeiro, do lado de fora da sua casa.

A CORDEI COM O CORAÇÃO BATENDO FORTE. Sentia um gosto ruim na boca. Por um momento, achei que fosse vomitar. Gotas de suor empapavam meus rosto e pescoço. Puxei ar através do buraco para respirar que fizera com o cobertor e tentei inspirar como o Dr. Brown me ensinara no ano passado, enchendo a barriga como um balão e contando até quatro na medida em que expirava lentamente.

Eu ainda sentia muito calor; então, joguei meu cobertor para fora da cama e fiquei aliviado quando notei que já era de manhã, logo após a alvorada. Sabia que não conseguiria voltar a dormir — e nem queria —, então, vesti um *jeans* e uma camiseta e saí para o quintal. Como ainda era cedo, a temperatura estava agradável, mas já se sentia o calor contido na terra e no ar, esperando o momento propício para se libertar.

Caminhei em volta de casa e fiquei olhando o vespeiro. Na luz fraca da alvorada, ele parecia um pedaço cinza de uma fruta podre. Com certeza estava maior que antes.

Um bebê caberia ali dentro facilmente.

Especialmente se o bebê estivesse todo encolhido, como nas ultrassonografias que tiram das barrigas das mães.

Então, meu coração voltou a bater rápido, porque comecei a achar que estava enlouquecendo.

Um bebê crescendo num vespeiro.

Durante todo o resto da manhã tive a sensação de sonambular. Vanessa fez sanduíches para o almoço, e Nicole queria comer no quintal; então, levamos nossos pratos para a mesa. Comi o mais rápido que pude, antes que as vespas pudessem nos incomodar, mas o ketchup de Nicole fez com que elas logo aparecessem. Minha irmã ainda botava ketchup em tudo: no queijo quente, no filé de peixe empanado, nas cenouras. Os insetos enlouqueciam com aquela mancha vermelha no prato dela: as vespas-caçadoras se refestelavam, e, depois, apareciam vespas de cor mais pálida que as botavam para correr. Duas delas pousaram no prato de Nicole, que não pareceu se incomodar.

Mas, de repente, elas me deixaram furioso. Espantei-as. Elas rodopiaram no ar. Uma voou embora, mas a outra pousou de volta na mesa. Peguei meu copo vazio e o ergui bem alto para poder esmagar de vez aquela vespa.

— Espera! — disse Vanessa, tomando o copo de minhas mãos e emborcando-o, o que fez com que a vespa ficasse presa.

— De que adianta isso? — perguntei, com raiva. — Ela vai voltar para cá depois que você libertá-la.

A vespa se debatia furiosamente contra as paredes do copo de vidro.

— Eu não vou soltá-la. Quero mostrá-la a minha professora. Talvez ela saiba qual é a espécie desta vespa.

Vanessa pegou um pote de margarina vazio na nossa lata de lixo reciclável, fez alguns furos na tampa com uma faca e transferiu a vespa para lá habilidosamente. Depois, fechou bem a tampa.

— Pronto — falou.

Eu não queria mais sonhar com elas. Tinha medo de que aqueles sonhos significassem que eu estava enlouquecendo. Porém, naquela mesma noite, acabei voltando para a caverna.

A luz já não atravessava como antes as paredes, agora mais grossas, mais fibrosas. Quando olhei para baixo da plataforma onde eu estava, vi que a caverna se estreitava, e o círculo de luz que havia no centro dela estava menor que da última vez.

Eu não queria estar ali. Fiz um esforço para acordar. Fiquei falando para mim mesmo que aquilo não passava de um sonho, que eu já estava entediado e queria ir embora. Mas não fui a lugar algum. Virei-me. Atrás de mim, na parede áspera de papel, havia um túnel grande o bastante para eu me arrastar por ele, porém, antes que eu pudesse me abaixar, senti que um filamento suave acariciava minha nuca. Contra minha vontade, meu corpo relaxou. O ar de uma respiração vigorosa me encheu os pulmões. Meus ombros relaxaram. Virei-me para encarar a rainha.

— Você ficou chateado depois de nossa última conversa — comentou ela. — Você ficou chateado o dia todo.

— Você não é um anjo. Você é só uma vespa.

— Bem, eu prefiro "anjo", mas "vespa" serve também se isso faz mais sentido para você. Nomes são apenas nomes. No fim das contas, não querem dizer nada.

Eu não consegui entender de verdade o que ela queria dizer com aquilo. Era como se tivesse tirado a frase de um livro didático que eu não era inteligente o bastante para compreender. Observei-a mais de perto. Apesar da luz mais fraca, conseguia ver seu rosto com mais clareza, e sem dúvida era a face de uma vespa. O que pensei se tratar de um nariz prateado na verdade era uma pinta em forma de diamante. Quanto à boca invertida, errei feio. Aquilo na verdade era o espaço entre as duas mandíbulas. À medida que as olhava, reparei que se bifurcavam como pinças. Tinham as pontas afiadas.

Incrivelmente, não senti medo dela. Eu era alérgico e estava diante de uma vespa maior que eu. Entretanto, sentia instintivamente que ela não queria me fazer mal. De qualquer modo, não passava tudo de um sonho?

Olhei para a parte de cima de sua cabeça coberta por pelos finos, para a antena viperina que preenchia o espaço entre nossos corpos.

— É assim que conversamos, não é? Você encosta uma antena em mim, e assim podemos nos compreender.

— Em parte, sim. Mas também porque te piquei.

— Foi você? — Meu corpo sentiu uma rápida lembrança nauseada.

— Com certeza. Eu precisava de um pouco de você em mim, e de um pouco de mim em você. Era com você que eu queria falar.

— Por quê?

— Os jovens têm a cabeça mais aberta. A mente de vocês ainda é belamente honesta, tolerante e flexível.

— Eu sou alérgico, sabia?

— Peço desculpas.

O vespeiro

— Então... é você que fica no vespeiro que tem aqui em casa.

— Sim, é meu vespeiro.

— Você é a rainha!

— Sim, sou — disse ela, com um pouco de orgulho na voz.

— E onde estou agora? — falei, olhando a minha volta. — Esse é o vespeiro, não é?

— Acertou de novo.

— Então, é um lugar de verdade. Mas eu pensei...

— O que você pensou?

— Que você não passava de um sonho.

— E você está sonhando. Mas também é real.

Não tinha certeza de que aquilo fazia sentido.

— Mas como eu caibo aqui dentro?

— No seu sonho você cabe em qualquer espaço. — Ela falava como se aquele fosse um conceito simples. — Fora do vespeiro você é grande; aqui dentro, é pequeno.

Uma sensação de alívio se misturou ao meu espanto. Eu não estava enlouquecendo. Aqueles sonhos não eram puramente imaginários. De alguma maneira, estavam ligados ao mundo real, da mesma maneira que o vespeiro se ligava ao nosso telhado.

— Somos tão reais quanto você — comentou a rainha. — Inclusive aquela operária que você matou hoje.

Pisquei.

— O quê? Ah, não! Nossa babá apenas capturou uma delas num copo.

— E ela levou minha operária a um lugar onde a matou para estudá-la.

— Como sabe disso?

— Não acho que foi muito gentil da parte dela. E você?

— Vanessa falou que a professora dela poderia querer estudar a vespa.

— Mas nós temos sentimentos! Temos desejos! Não somos apenas minúsculos insetos!

— O que vocês são exatamente, então?

Ela me ignorou.

— Minhas operárias vivem somente por quatro semanas. Elas estão dando as vidas por esse bebê. Seu bebê! Você deveria mostrar um pouco mais de gratidão!

— Mas eu não pedi nada disso!

O vespeiro

— É muita falta de bons modos. Imagine se você está quieto, resolvendo a vida, e de repente o colocam numa câmara de gás e o matam.

— Gás? O que você quer dizer com isso?

— É isso o que sua babá fez com minha operária. Colocou-a numa pequena câmara e envenenou-a com gás.

Aquela morte soava terrível.

— Sinto muito.

— Espero que sim.

— Eu não fazia ideia.

— Trata-se de um assassinato.

— De verdade, sinto muito... mas não fui eu!

— Está tudo bem. Ela não tinha tanta importância assim. — A rainha soltou uma risadinha. — Elas são bastante fáceis de substituir. Milhares e milhares delas para executar um trabalho. De qualquer modo — acrescentou alegremente —, não vamos permitir que isso volte a acontecer, está bem?

Ela me fez sentir como se ainda fôssemos amigos, como se eu automaticamente fizesse parte do grupo.

— É ruim para o moral — continuou. — E como anda seu moral, por falar nisso?

— Bem — falei com cuidado. Já não tinha certeza se eu deveria continuar a conversar com ela.

— Bem e nada mais?

— Acho que sim.

— Bem, já mudaremos isso, né? Já nos ocuparemos disso.

— Olha aqui... eu realmente não entendo quais são seus planos.

— Mas é claro que você sabe. Você é um garoto esperto.

— Toda essa conversa sobre o bebê que você está fazendo...

— Exatamente! Vai ser nosso presente para você. E todo mundo gosta de presentes.

— Sim, mas...

— E todo mundo gosta de ouvir agradecimentos pelo presente dado.

Fiquei mudo.

— Mas pode deixar. Você nos agradecerá mais tarde.

O vespeiro

— Eu não estou entendendo nada disso, mas não quero que você faça nada com o bebê! — falei sem pensar.

— Mas você ainda nem o viu. Nós mal acabamos de construir o vespeiro hoje.

Olhei a minha volta. Aquele lugar em nada se parecia com os pedaços que Vanessa nos havia mostrado alguns dias atrás.

— Mas eu pensei que os vespeiros tivessem fileiras e mais fileiras de celas.

— Bem, é que este é diferente. Ele tem apenas uma cela para um ovo só. Todo este vespeiro é devotado ao seu novo bebê. É tudo o que fazemos aqui. Olha só, o ovo acabou de eclodir. Está vendo lá em cima?

Olhei e vi, no ponto mais alto da caverna mal iluminada, uma gosma pálida.

— Não consigo enxergar bem... — Apertei os olhos.

— Vou te levar lá para cima voando. Se segure.

Antes que eu pudesse me opor, ela atou as antenas em volta do meu corpo e me ergueu por cima da cabeça. Quando suas asas começaram a zumbir, ela saltou da plataforma em que estávamos. Por instinto, fechei os olhos com força, pois esperava a sensação horrível

de frio na barriga, como quando se está numa monta-
nha-russa, mas acontece que não estávamos em queda
livre: estávamos subindo. Meu medo se dissipou; eu
abri os olhos e tive vontade de gritar de empolgação.
Depois de alguns segundos, chegamos ao topo do vespeiro. Havia uma criatura pastosa e parecida com uma
lesma grudada no teto.

— Eis nosso queridinho — disse a rainha, com orgulho.

Ele era gosmento e tinha dois pontos pretos afunda-
dos na parte da frente do corpo molenga. Embaixo dos
olhos havia um buraco, e ele estava comendo. Presos
em volta dele no teto, havia insetos — uma aranha
morta, abelhas decapitadas e outras coisas que eu não
conseguia reconhecer, mas havia também uma coisinha vermelha que parecia ter cabelos.

— É nojento — confessei.

— Não. Ele é uma larva. Está apenas começando.

— Não quero olhar para ele.

Pela primeira vez, senti certa aspereza na voz da rainha: ela emitiu sons parecidos com estalos, como unhas
batendo umas nas outras, e depois me dei conta de que

O vespeiro

aquele era o barulho de suas mandíbulas se abrindo e fechando.

— Você deveria ter vergonha! Não deveria julgar as coisas pela aparência. Aposto que também não era nada bonito quando foi concebido e começou a crescer na barriga da sua mãe.

Eu ainda estava preso às antenas dela, flutuando no ar, circundando a larva.

— Eu quero que vocês parem — falei.

— O que está sugerindo exatamente? — perguntou a rainha, soltando estalos de raiva. — Que façamos mal ao bebê?

— Quero que vocês parem com tudo isso!

— Ah, mas agora que começou, é impossível parar.

— Então, eu vou acordar deste sonho.

— Só quando eu permitir. — Ela me soltou das suas antenas e inclinou a cabeça para que eu deslizasse.

Numa explosão de pavor, comecei a cair através do vespeiro, me distanciando do bebê larva. Acordei com um sobressalto na minha cama. Meu cobertor estava atirado no chão, como se alguém o tivesse arrancado de cima de mim.

— A vespa que você capturou ontem... — falei para Vanessa quando ela chegou de manhã.

Seus olhos brilharam de empolgação.

— Eu já ia contar para vocês sobre ela.

— Você a matou?

Ela pareceu um tanto surpresa com a pergunta. Suas roupas tinham um cheiro mais almiscarado que o de costume.

— Ah, sim, num frasco mortífero. É assim que capturamos todos os nossos espécimes, Steve. Colocamos eles num frasco com um pouco de acetato de etilo; é como se fosse acetona, e isso os derruba.

— Mata eles.

Ela assentiu e me olhou com uma expressão de dúvida.

— Isso te deixa chateado? Pensei que você...

— Odiasse vespas. Sim, odeio. — Não me incomodava o fato de Vanessa tê-la matado. O que me incomodava era que eu já soubesse daquilo, porque a vespa dos meus sonhos, a rainha, tinha me dito.

— Você está bem? — indagou Vanessa.

— Sim. Então... que espécie de vespa era?

O rosto dela recobrou a empolgação.

— Ainda não sei. Minha professora não estava no laboratório, mas mostrei a vespa para outras pessoas que estavam lá, e ninguém foi capaz de identificá-la. Falei que deveria ser só um caso de albinismo, mas ninguém tinha ouvido falar de uma vespa albina, então...

Senti a já familiar pontada de eletricidade começar na parte de cima das minhas costas e tentar se irradiar para os braços.

— Sério?

Ela assentiu.

— E quanto mais eu a examinava, mais achava que havia algo de estranho na sua estrutura.

— Você fala do corpo dela?

— Sim. — Ela franziu o cenho. — As proporções da cabeça, do tórax e do abdômen, e algumas das estruturas conectoras não são como as das outras vespas...

Por alguns momentos, parei de escutá-la, porque meu coração pulsava em meus ouvidos e senti o calor do dia queimar meu rosto.

O vespeiro

— ... talvez não seja nem uma vespa — ela continuava a falar.

— O que ela é, então? — perguntei, e o pânico deve ter soado na minha voz, porque Vanessa voltou a me olhar de um modo estranho.

— Bem, é melhor esperarmos para ver o que minha professora vai dizer.

— O médico me falou que era uma vespa! Ele me disse que eu tinha sido picado por uma vespa!

— Muitos insetos têm ferrões. Quero dizer, ainda estou na faculdade, Steve, não sei muito sobre insetos. Pode ser que se trate de uma nova espécie, ou de uma variação de uma espécie que ainda não foi registrada por aqui. Vamos esperar para ver.

A escada grande estava na garagem. Papai a usava para limpar as calhas do telhado durante o outono. Ela era bem leve, e eu podia facilmente carregá-la até um dos lados da nossa casa. Abri a escada e acionei a trava de segurança. Só tinha subido nela uma vez na vida, e fora com Papai segurando a base.

Arrastei a escada contra a parede externa até que ela ficasse bem embaixo do vespeiro. Ela não o alcançava: ainda faltava um trecho grande para chegar até lá. Por isso, levei uma vassoura. Calculei que do topo da escada eu conseguiria alcançar e derrubar o vespeiro. Ele cairia e se quebraria no chão, e todas as vespas o abandona-riam num enxame. Eu desceria o mais rápido possível da escada e dispararia para dentro de casa. Por desencargo de consciência, guardei a caneta de adrenalina no bolso.

Estava sozinho em casa. Vanessa havia levado Nicole e o bebê para tomar sorvete no final da rua e então ao parque. Eu tinha dito que preferia ficar em casa lendo. Estava passando bastante tempo em casa neste verão. Por causa do bebê, nossa família não planejou uma via-gem, e minha colônia de férias só ia começar em agos-to. Tanto Brendan quanto Sanjay estavam viajando.

Comecei a subir a escada. Passados alguns degraus, senti as pernas da escada se moverem um pouco, mas ela ainda parecia estável. Aquela situação era curiosa. Eu tinha medo de muitas coisas, mas não de altura. Apesar de ter pesadelos em que eu estava no alto de postes es-treitíssimos ou de plataformas finas como navalhas, gos-tava de subir em árvores, de andar em elevadores de vi-dro e de ficar de pé no chão transparente da Torre CN.*

---

* A Torre CN, localizada em Toronto, no Canadá, é uma torre turísti-ca e de comunicações que tem 553,33 metros de altura, sendo a ter-ceira maior do mundo. [N. do T.].

O vespeiro

Estava usando uma camisa de mangas compridas com capuz, e apertei bem o mesmo, deixando apenas uma abertura para os olhos e nariz. À medida que eu subia, a escada fazia barulho. Com minha mão esquerda, segurei firme em um dos seus flancos; com a direita, agarrei a vassoura. Eu podia ver as vespas voando ao redor, entrando e saindo do vespeiro.

A cada degrau eu sentia mais raiva. Meus pais não tinham dado cabo desse vespeiro. Apesar de eu ser alérgico, estavam ocupados demais para tanto. Estavam ocupados com o bebê, e ficariam assim para sempre; então, eu precisava tomar uma atitude. Não tinha certeza se aquelas vespas eram as mesmas do meu sonho, mas queria que elas saíssem da minha casa e dos meus sonhos. O vespeiro precisava cair.

Não cheguei ao topo da escada. Parei no antepenúltimo degrau para poder usar os restantes como apoio. Com a vassoura em mãos, alcancei o mais alto que pude, e ainda assim nem cheguei perto do vespeiro.

Subi outro degrau. Agora eu tinha de me manter agachado para poder continuar a usar o último degrau como ponto de apoio. A vassoura chegou mais perto; a

piaçava quase tocava a parte de baixo do vespeiro. Eu
sabia que devia agir rápido. Havia cada vez mais vespas
circundando o vespeiro.

Eu estava acima e à direita da janela do quarto do
bebê, e ali havia um peitoril que se projetava um pouco
para fora; decidi me apoiar nele com a mão esquerda.
Subi o último degrau. A escada balançou e depois se
estabilizou. Meu peito foi de encontro à parede de tijo-
los, e senti meu coração saltar, mas o fato de estar esco-
rado em uma estrutura tão sólida me dava certa segurança. Girando a cabeça para cima, ergui a vassoura
devagar, me esforçando para alcançar o vespeiro. Não
sabia com que força eu poderia acertá-lo sem perder o
equilíbrio ou me soltar do ponto de apoio.

Com o primeiro golpe, a piaçava arranhou gentilmente a parte de baixo do vespeiro. A vassoura seguiu
sua trajetória. Resmungando, voltei a balançar a vassoura e tentei outra vez. O golpe acertou o vespeiro
com mais força dessa vez, e pude ver pedacinhos de
papel se descascando dele.

As vespas vieram. Num estouro, saíram da parte de
baixo do ninho e enxamearam-se em volta da piaçava

da vassoura. Agarrei a ponta do cabo e, enquanto me preparava a fim de desferir um golpe para cima, dei-me conta de que havia uma vespa pousada em minha mão esquerda, e outra nos nós dos dedos da mão direita. Congelei.

Uma terceira pousou no pequeno círculo de pele exposta do meu rosto. Pude sentir suas perninhas e a força de seu corpo compacto. Não gritei. Não conseguia. Todos os meus instintos — de esmagar as vespas e sair correndo desesperado — estavam paralisados. Tinha muito medo de que me picassem, mas elas não o fizeram. Somente ficaram a postos. Agora elas envolviam quase toda a vassoura e vinham em minha direção.

Soltei a vassoura e deixei-a cair. Ela se chocou ruidosamente contra um dos lados da escada. As vespas deram uma pirueta no ar e mais delas pousaram em mim, em minha roupa, minhas mãos, meu rosto, e ali ficaram paradas. Queria alcançar a caneta de adrenalina no bolso, mas temia que, ao tentar fazê-lo, as vespas pousadas em minha mão me picassem. As que estavam pousadas no meu rosto pareciam borrões me turvando a visão. Mas eu sabia que estavam lá, imóveis, com as

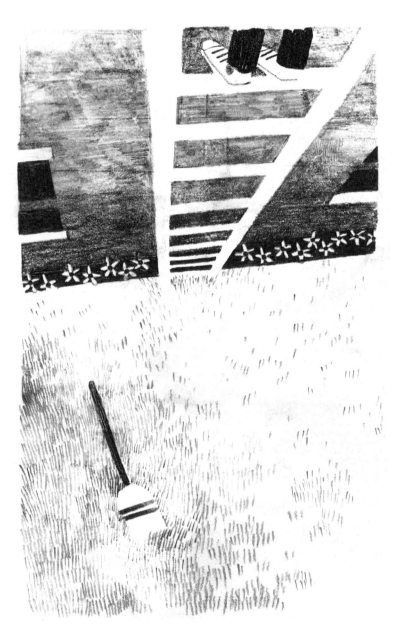

antenas esticadas em sinal de alerta, me observando com os olhos compostos, me cheirando.

Desci um degrau. Algumas vespas deixaram minha mão. Mais outro degrau. Um punhado decolou para fora da minha testa. Pouco a pouco, cada vez mais vespas iam embora. Quando toquei os pés no chão, já não havia nenhuma sobre mim.

Olhei para cima e vi as últimas vespas desaparecerem para dentro do vespeiro.

Um dos vizinhos tinha me visto no alto da escada e ligou para meus pais.

— Quem foi? — perguntei quando Mamãe e Papai me confrontaram depois do jantar. Eu tinha tomado o cuidado de me certificar de que não havia vizinhos perambulando por seus quintais quando ataquei o vespeiro.

— A pessoa não falava nossa língua muito bem — falou Papai, dando de ombros. — Não sei quem é.

— Isso não tem importância. Por que você resolveu fazer algo tão perigoso? — reclamou Mamãe, tentando ser paciente. Estávamos na cozinha, e Nicole já estava na cama dormindo.

Fiquei na defensiva.

— Eu tomei cuidado. Queria derrubar o vespeiro. Qual é o problema?

— Para começar, você é alérgico! — esbravejou Mamãe.

— Mas eu levei a caneta de adrenalina — resmunguei.

— Dependendo de quantas vespas te piquem, a caneta não vai adiantar nada — disse Papai.

— Bem, esse problema se resolveria se eu tomasse vacinas para alergia!

— Nós estamos ocupados com outras coisas, garoto — falou Papai. Pelo seu olhar, pude notar que ele estava ficando com raiva. Mamãe pousou uma das mãos sobre o braço dele.

— OK, mas eu sou alérgico! E parece que aqui ninguém se importa com isso!

— É claro que nos importamos — disse Mamãe.

— Então, trate de ficar dentro de casa até resolvermos o problema do vespeiro. E não suba em nenhuma escada! — ordenou Papai.

— E se uma vespa entrar aqui em casa? E se elas me picarem aqui dentro? E se picarem o bebê? — indaguei.

O vespeiro

Eles ficaram mudos por alguns momentos, mas Papai ainda me lançava um olhar furioso.

— Você poderia ter caído. Poderia ter se machucado de verdade... — observou Mamãe.

— Vamos dar um jeito nesse vespeiro — garantiu Papai.

Mamãe veio na minha direção e tentou me abraçar, mas eu me desvencilhei.

— O que há, Steven? — disse Mamãe suavemente. — Fale para a gente o que está acontecendo.

Desvencilhei-me do abraço porque senti um nó na garganta, mas não queria chorar. Olhei para a litografia com moldura de metal prateado escovado na parede. Senti as palavras tomando meu corpo por dentro, e tive vontade de expulsá-las.

Contei para Mamãe e Papai sobre meus sonhos e sobre todas as conversas que eu tive com os anjos que acabaram se revelando vespas. Sentei na cadeira da cozinha e fiquei encarando o chão, em parte porque queria me concentrar e não me esquecer de falar nada, e em parte porque estava com medo de olhar para o rosto dos meus pais. Contei a eles que a rainha havia dito que ia substituir nosso bebê por um novo que elas estavam criando no vespeiro, um bebê saudável; contei também que, na verdade, eu não achava que o sonho era real, mas já estava de saco cheio de encontrar a rainha, e queria me livrar de todas as vespas.

Nenhum dos dois me interrompeu, e, quando finalmente criei coragem para olhar para seus rostos, me arrependi. Papai respirava fundo e nervosamente, com o tórax se movendo para dentro e para fora devagar. Mamãe chorava, as lágrimas escorriam por suas bochechas, e de repente seu rosto se contorceu e ela caiu em prantos. Papai envolveu-a com um dos seus braços e sussurrou algo em seu ouvido.

— Isso já é demais — disse Mamãe. — Eu não aguento...

Continuei sentado com o corpo tenso e desejei nunca ter contado aquilo para eles. Queria poder retirar o que havia dito.

Mamãe enxugou as lágrimas e se aproximou de mim; desta vez, deixei que ela me abraçasse só para eu não ter de olhar para seu rosto.

— Eu sei que estamos passando por uma época difícil. Me desculpe se ultimamente não lhe demos muita atenção — falou.

— Tudo bem, a culpa não é de vocês.

— Você quer conversar com o Dr. Brown de novo? — sugeriu Papai.

Mordi os lábios.

— E se for verdade? — sussurrei.

— Você sempre teve sonhos muito vívidos — afirmou Papai.

— Eu sei, mas é que Vanessa falou que essas vespas não eram normais.

— Bem, pode até ser — Papai falava como se estivesse ficando com raiva outra vez —, mas isso não quer dizer nada, Steven. Vou ter uma conversa séria com Vanessa. Se foi ela quem incentivou tudo isso...

— Não foi ela! — gritei — Não fique com raiva dela!

Não queria falar mais nada, pois eu podia ver o pavor nos olhos deles, e aquilo me deu medo. Alguém uma vez me contou que, se você se pergunta se está enlouquecendo, isso quer dizer que não pode estar louco. Porque os loucos aparentemente ignoram a própria condição: acham normal cantar à tirolesa enquanto andam pelados por aí. No momento em que relatava meus sonhos, dei-me conta de como soavam loucos; mas também me lembrava de cada detalhe, como pareciam muito reais.

Papai respirou fundo e tentou falar casualmente:

— Talvez você deva discutir isso com o Dr. Brown.

— Você acha que eu enlouqueci de novo — falei, e agora eu chorava também.

Mamãe me abraçou forte.

— Você nunca foi louco. Você só era ansioso, como muitas pessoas... como muitas crianças são. Mas também é sensível e criativo. E maravilhoso. — Ela me deu um beijo na testa. — Muito maravilhoso.

Enquanto estava nos braços dela, fui acometido por um cansaço repentino.

— Vou, sim, conversar com o Dr. Brown. — Suspirei. — Mas quero que vocês se livrem do vespeiro.

O Dr. Brown sempre me pareceu uma pessoa desequilibrada. E a culpa disso era das suas sobrancelhas. Elas eram grisalhas, fartas e pontudas, e formavam um ângulo que apontava para cima. Imaginei se ele se dava conta disso. Seria de se pensar que alguém cujo trabalho envolve conversar com gente doida não queira parecer louco. Às vezes ele estava com mau hálito, que fedia a café velho e talvez cigarros. Acho que, se você tem de falar o dia todo, sua boca vai acabar secando e ficando nojenta mesmo. Apesar disso, sua voz era reconfortante, e ele tinha um sorriso amigável.

— Bem, faz tempo que não nos vemos — falou. — Da última vez, conversamos sobre alguns desafios que você estava enfrentando, e sobre estratégias para lidar com eles.

— É.

Havia uma pasta fina de arquivo fechada sobre a mesa. Ele devia tê-la consultado antes de eu chegar. Lembro que não costumava fazer anotações durante nossas conversas. Devia fazê-las depois, quando estava sozinho no escritório, enquanto balançava a cabeça e pensava coisas do tipo "Uau, que doido!".

— Acha que essas estratégias foram úteis para você? — perguntou.

Contei a ele que havia diminuído um pouco minhas listas de antes de dormir, e que eu já não lavava as mãos com tanta frequência, o que não era de todo verdade. Como estávamos no verão, só era mais difícil de perceber. Durante o inverno, quando o clima era terrivelmente frio e seco, minhas mãos costumavam ficar vermelhas e ressecadas, especialmente os nós dos dedos. Elas pareciam bastante irritadas, e às vezes a pele rachava e as pessoas faziam comentários, como se eu tivesse alguma doença de pele. Agora elas tinham uma aparência boa. Contei ao Dr. Brown que eu estava praticando exercícios de respiração.

— Que ótimo! E como foi a escola este ano?

Na ida de carro à escola, eu costumava repetir para mim mesmo mentalmente os nomes dos mesmos pontos de referência e assim eu não tivesse um dia ruim. Eu tinha uma fita com sons relaxantes que gostava de ouvir no carro. Na escola, bebia água sempre de um bebedouro específico, e lavava as mãos entre uma aula e outra. Eu também sempre levava comigo um frasco de álcool em gel, só por desencargo. Quase todos os dias eu sentia medo de passar mal e vomitar no meio do corredor, pois assim ninguém mais ia querer ser meu amigo.

Falei para o Dr. Brown que aquele ano tinha sido bom, que eu havia conseguido cortar vários dos meus rituais obsessivos e já não tinha tanto medo de vomitar.

— OK, tudo bem. Seu pai me falou sobre algumas coisas que estão acontecendo na sua casa. Parece que vocês estão vivendo um momento bem desafiador. Como você se sente com relação a tudo isso?

Falamos então um pouco sobre o bebê e sobre todas as idas ao hospital e a médicos, e sobre como a casa estava triste.

— E fora de casa? O que você tem feito neste verão?

— Nada demais. Fico de bobeira.

— Você não brinca com os amigos?

— Estão quase todos viajando. — Eu tinha encontrado Brendan algumas vezes, mas, na verdade, não tínhamos muita coisa em comum. Ele era sempre tão alegre e animado que me fazia sentir mal com relação a mim mesmo. Não me importava de ficar sozinho. De qualquer modo, eu não sabia como falar sobre o bebê com ninguém. *Menos com a rainha*, pensei de repente.

— Seu pai também me falou que anda tendo pesadelos.

— Será que ele acha que estou enlouquecendo?

— Não. Seus pais se preocupam porque acreditam que toda a situação em casa está sendo um fardo muito grande para você. Você costumava ter pesadelos, se me lembro bem.

Concordei.

O vespeiro

— E também teve episódios de sonambulismo, eu acho.

— Poucas vezes.

— Você tinha um pesadelo recorrente. Lembra-se dele?

É claro que eu me lembrava dele.

— Uma coisa fica ao pé da minha cama, me observando. E às vezes ela arranca o cobertor de cima do meu corpo.

— Está bem. Fale-me agora sobre os novos pesadelos.

Suspirei com força e contei a ele o que havia contado a Mamãe e Papai. Falei de como aqueles não pareciam ser sonhos normais.

— Com certeza são sonhos interessantes — disse o Dr. Brown. — Essa vespa, ela tem nome?

— E isso tem alguma importância?

— Não. É que como você fica se referindo a ela como "a rainha", pensei que talvez pudesse ter um nome.

— Jamais perguntei. E ela nunca me disse.

— Quantas vezes vocês já conversaram?

— Quatro.

— Lembro que, na nossa última consulta, você contou que costumava ter um amigo imaginário quando era mais jovem.

— Henry.

— Henry, isso mesmo. E você conversou com Henry até... o 5º ano, não é verdade?

— No 5º ano já não nos falávamos muito, só às vezes. — Lembrei uma coisa que o Dr. Brown me havia dito no ano passado e a repeti. — Na verdade, aquilo era só uma maneira de eu conversar comigo mesmo, uma maneira de me ajudar a resolver as coisas na minha cabeça.

— Mas na época você disse que, quando parou de falar com ele, passou a se sentir muito sozinho.

Não era normal que uma criança do 5º ano tivesse um amigo imaginário — pelo menos era o que Sanjay havia dito, e ele acabou contando isso para James, e, depois, parecia que toda a turma já sabia. Então, tive que parar de conversar com Henry.

— Sim. — Senti um aperto repentino no coração.

— E agora? Ainda sente falta dele?

— Na verdade, não. — Menti. Se bem que não era exatamente uma mentira. Não sentia falta de Henry;

O vespeiro

sentia falta de ter alguém como ele para conversar, só que de verdade. Alguém que soubesse ouvir os outros, alguém que me ajudasse a resolver meus problemas.

— Eu lembro — disse o médico — que quando nos falamos da última vez, você costumava usar uma expressão muito curiosa para descrever como se sentia às vezes. Eu até anotei ela, porque me pareceu muito significativa: "em pedaços". Você se lembra dela?

Não me lembrava, não até aquele momento. Porém, agora sentia de novo a sensação que a expressão descrevia. Era como se eu tivesse centenas de pensamentos estilhaçados na cabeça, centenas de cacos brilhantes de um vitral, e meus olhos viajavam de um pedaço a outro sem que eu entendesse o que significavam ou aonde me levariam.

— Você tem se sentido assim de novo? — perguntou Dr. Brown.

— Um pouco, acho. Mas não da mesma maneira.

— A vespa, a rainha, fala com você quando está acordado?

— Não! Só quando estou dormindo.

— Seu pai me falou que você tentou derrubar o vespeiro. Ele ficou preocupado porque você poderia ter caído, ou sido picado.

— É...

— E o sonho que você teve, em que a rainha disse que elas iam substituir o bebê...

Ele não terminou a frase, e eu sabia que isso significava que queria que eu prosseguisse. Minhas palavras seriam importantes. Mas eu não disse nada. Tive medo de que, não importasse qual fosse a resposta, ela seria errada.

— Foi um sonho — falei finalmente.

— Foi o bastante para fazer você subir naquela escada.

— Eu tenho muito medo de vespas.

— E ainda assim você decidiu se aproximar bastante do vespeiro.

— Eu só queria... que as coisas parassem. Eu estava com raiva dos meus pais por não terem feito nada e nem me dado minhas injeções. — Parecia uma resposta normal. Parecia razoável.

O Dr. Brown me olhou com uma expressão agradável, como se esperasse que eu fosse acrescentar algo mais.

O vespeiro

— É que os sonhos pareciam... — Não completei a frase.

Ele sorriu.

— Bem, existem muitas teorias sobre os sonhos. Mas o que é importante lembrar é que se trata de sonhos apenas. As experiências ali vividas podem ser potentes, mas não são experiências verdadeiras e não têm poder real sobre você. É como aquilo que discutimos na última consulta, você se lembra? Um sentimento não é um fato. O que acontece no sonho permanece no sonho.

— Certo — falei. E depois disse a ele algo que não tinha dito aos meus pais. — Só que a rainha me contou uma coisa que acabou se tornando realidade.

— O quê?

— Que Vanessa tinha matado uma das vespas. Eu não sabia disso, mas no dia seguinte Vanessa me contou.

O Dr. Brown balançou a cabeça de um lado para o outro.

— Bem, você sabe que Vanessa estuda Biologia. E você sabia que ela queria examinar o inseto. É isso o que acontece com insetos quando queremos estudá-los.

— Ela falou que aquela vespa era estranha e que talvez nem vespa seja.

Ele sorriu.

— Fim de semana passado estive no museu com meus filhos e nós vimos um cartaz. Acho que dizia que há entre cinco e cinquenta milhões de espécies no planeta, e que apenas um milhão delas já foi descobertas, ou algo assim. É incrível.

— Acho que sim — falei, e considerei se deveria completar com o que disse em seguida. — Quando tentei derrubar o vespeiro, as vespas formaram um enxame em volta de mim, mas nenhuma me picou. Nenhuma.

— Que sorte.

— Era como se elas estivessem me dando um aviso. E assim que comecei a descer das escadas, elas voaram embora.

— Não entendo muito de vespas, mas sei que elas defendem seu território. Quando você se afastou do vespeiro, talvez elas tenham deixado de vê-lo como uma ameaça.

— Talvez. — Soltei um suspiro. Eu realmente me sentia melhor. — Não quero ter esses sonhos de novo.

O vespeiro

— Bem, isso não dá para controlar. É bem provável que você ainda sonhe com elas, com o vespeiro e com o bebê. Sua vida anda bastante confusa, mas com o tempo os sonhos desaparecerão. Você consegue se forçar a acordar?

Balancei a cabeça.

— Tentei uma vez, mas o sonho continuou.

Ele assentiu com uma expressão compreensiva.

— Ah, antes que eu me esqueça: qual é o nome dele?

— De quem?

Dr. Brown soltou uma risadinha.

— Do bebê. Do seu novo irmão. Você nunca disse o nome dele.

— Ah, sim. Theodore. Mas chamamos ele de Théo.

— Bonito nome. Gostaria de conversar de novo comigo em duas semanas?

— Claro — respondi.

Três dias se passaram sem que eu sonhasse com elas, e isso me deixou esperançoso. Talvez tivessem ido embora de uma vez por todas.

Na segunda-feira, Papai foi trabalhar e Mamãe foi sozinha ao hospital falar com a médica especialista sobre a operação do bebê. Vanessa veio à tarde cuidar de Nicole e do bebê. Estávamos na sala, e ela havia acabado de dar a mamadeira a ele.

— Você quer segurá-lo? — perguntou Vanessa depois de fazê-lo arrotar.

— Está bem — falei com nervosismo. Eu quase nunca havia segurado o bebê. Tinha vergonha de admitir, mas eu sentia medo de me contaminar, medo que o que ele possuía de errado passasse para mim. Isso não fazia sentido, eu sabia. Ainda assim, sentia-me dessa forma. Um pouco relutante, estendi os braços, e Vanessa o entregou a mim.

Nicole era quem estava sempre grudada no bebê. Ela o amava. Para ela, o bebê significava um acontecimento novo e maravilhoso em sua vida. Certa vez, logo depois que ele chegou em casa, ela disse:

— Me deixem desfrutar da glória dele!

Observar Nicole com o bebê fazia com que me sentisse cruel. Porque, quando eu olhava para ele, só conseguia ver as coisas que tinha de errado; e via Mamãe

O vespeiro

cansada e preocupada; e via Papai na janela, às vezes olhando para o horizonte, às vezes, para a entrada da garagem, onde ficava nosso carro.

— Sua mãe me falou da operação — comentou Vanessa, enquanto Nicole saía correndo para brincar.

— É.

— Coitadinho. Mas ele vai ficar bem.

— Ele está todo quebrado por dentro — falei.

— Quebrado — repetiu Vanessa, analisando a palavra.

— É verdade. Não é só o coração. Tem um monte de outras coisas erradas também. Ele pode até morrer.

— Ninguém sabe com certeza.

— Agora não, mas algum dia...

— Algum dia algo de errado pode acontecer a qualquer um de nós. — Vanessa completou.

— Acho que sim.

— Todo mundo tem seus defeitos. Eu tenho alguns dentro de mim.

Olhei para ela.

— Quais?

— O nome é rins policísticos. Minha mãe também tem isso. Eu descobri quando estava no Ensino Médio. De repente, você desenvolve uns cistos cheios de líquido nos rins.

— E isso é ruim? — indaguei.

— É um processo lento, mas piora um pouco a cada ano. Mais cedo ou mais tarde meus rins provavelmente deixarão de funcionar.

— E o que vai acontecer, então?

— Vou precisar de um transplante.

Eu não sabia o que dizer. Vanessa exibiu um sorriso amarelo e me deu um tapinha bem-humorado no ombro.

— Não faça essa cara de pânico, Steven. Isso ainda vai demorar a acontecer. E minha irmã já me disse que vai me doar um dos rins dela, o que é bem legal.

— Então você vai ficar bem. — Sentia-me como Nicole, como uma criancinha querendo uma resposta rápida e reconfortante.

— Por um tempo. Os rins transplantados não duram para sempre. Mas quem sabe o que pode acontecer? De qualquer modo, voltemos ao "quebrado". O que você quis dizer com isso? Muitas pessoas que eu conheço têm alguma coisa de errado em seus corpos. Um amigo do meu tio acabou de descobrir que tem esclerose múltipla. E ele só tem 27 anos. Ninguém sabe o que vai acontecer com ele daqui para a frente. O que quero dizer é que, mais cedo ou mais tarde, todos nós vamos quebrar de alguma maneira.

Sentia o bebê quentinho contra o peito. Sabia que eu também estava quebrado. Eu não era como as outras pessoas. Era medroso, esquisito, ansioso e quase sempre triste, só não sabia o motivo. Meus pais me achavam anormal, tenho certeza. Eles negavam, mas ninguém manda uma pessoa normal para o analista.

Às vezes não devemos agir da maneira como agimos. Não é bom para nós. E as pessoas não gostam. Temos de mudar. Temos de nos esforçar, e respirar fundo e, talvez um dia, tomar remédios e aprender truques para que possamos pelo menos fingir que somos mais parecidos com os outros; com as pessoas normais. Mas talvez Vanessa tivesse razão, e todo mundo também estivesse quebrado, do próprio jeito. Talvez todos passemos tempo demais fingindo que não estamos quebrados.

Estava segurando o bebê, e ele era pequeno, mas não era leve como da última vez em que eu o tinha segurado. Pelo fato de ser doente, sempre imaginei que mal daria para sentir o peso dele, e que ele de repente começaria a flutuar e iria embora. Mas agora, nos meus braços, parecia surpreendentemente sólido. Comecei a pensar no que há dentro do corpo, em todas aquelas coisas estranhas e molhadas que temos em nossos organismos e que nos fazem funcionar. Fui ainda mais longe e comecei a pensar nas células sinuosas, e nos fios de DNA que dizem às coisas o que elas têm de fazer. No caso do bebê, imaginei o DNA como luzinhas de Natal com algumas lâmpadas faltando, outras, piscando, e outras, queimadas.

Eu não sabia o que ia acontecer ou o que significava tudo aquilo, ou o que se esperava que eu fizesse com relação àquilo.

— Ninguém é perfeito — falou Vanessa —, é só isso o que eu estou dizendo. Parece haver muitas coisas de errado com seu irmão agora. Mas talvez isso não dure para sempre.

Sabia que não deveria fazer a pergunta, mas não resisti:

O vespeiro

— Aquela vespa que você pegou... você descobriu algo mais sobre ela?

Vanessa pareceu incomodada.

— Sabe, queria pedir desculpas se te assustei com aquele papo. Seu pai não gostou nem um pouco. Ele me disse que você tentou derrubar o vespeiro.

— Mas não foi culpa sua. — Eu tinha esperanças de que Papai não tivesse dito nada de ruim para ela.

— Foi muita burrice da sua parte fazer isso — comentou.

— Eu sei!

— De qualquer modo, seu pai pediu para eu não tocar mais nesse assunto com você.

— Ah. — Por um minuto, fiquei mudo, mas depois senti raiva. — Eu não conto nada para ele. Só estou curioso para saber o que você descobriu.

— Promete que não conta nada para seu pai?

— Prometo.

— Você não vai fazer mais nenhuma besteira com o vespeiro, né?

— Não! Então, o que elas são?

— Mostrei a vespa a minha professora, e ela também disse que nunca tinha visto um espécime como aquele.

Ela prendeu a vespa com um alfinete e tirou algumas fotos, mas, quando começou a dissecar o inseto, viu que, tipo, não havia muita coisa dentro dele.

— O que você quer dizer com isso? — Engoli em seco.

— Ela meio que se desfez, como uma concha vazia.

Meus ataques de pânico sempre começavam do mesmo jeito. Sentia uma descarga quente de energia na minha nuca que se irradiava pelas costas e braços e, às vezes, pelas pernas também, como se eu tivesse sido eletrocutado. Depois, vinha a sensação de que eu estava enlouquecendo, de que eu ia me encolher como uma bola bem pequena e nunca mais voltaria a ser como antes.

— Eu devo ter colocado muito acetato de etilo no frasco mortífero. Isso deve ter dissolvido a vespa — completou Vanessa.

— É — falei, tentando puxar ar para meu abdômen.

As vespas não eram normais. Elas não tinham coisas normais dentro delas.

O vespeiro

Naquela noite, depois do jantar, o bebê não quis a mamadeira, e o corpinho dele estava todo mole.

— Talvez seja o calor — sugeriu Papai. Lá fora estava um inferno, e dentro de casa, mesmo com o ar-condicionado ligado, a situação não era muito melhor.

— Ele não está bem — comentou Mamãe, que parecia bastante preocupada. Papai levou os dois ao pronto-socorro.

Nicole e eu ficamos assistindo à televisão. Eu a deixei comer quantos biscoitos quisesse até a hora que Papai voltou.

— Théo vai ter de passar a noite no hospital — falou ele. — Sua mãe ficou lá.

— Ele está bem? — indaguei.

— Os médicos acham que é só uma virose.

— Como uma gripe — disse Nicole, sem tirar os olhos da televisão.

Papai carinhosamente bagunçou o cabelo dela com uma das mãos.

— É isso aí.

Quando Nicole já estava na cama, perguntei a ele:

— O que o bebê tem é sério?

— A virose não está preocupando os médicos. Só que... ele precisa estar forte para operar o coração, e rápido. Mas os médicos não querem arriscar fazer nada até que ele esteja tão saudável quanto possível. Nós temos de ter esperanças de que tudo correrá bem.

— Entendi.

Ele me deu um abraço de boa-noite, disse-me para ir dormir e que me amava. Enquanto eu voltava do banheiro, vi de relance ele sentado de cueca na beira da cama, tirando as meias. Sua cabeça estava abaixada, e eu conseguia ver a parte em que ele ficava careca. Ele tirou uma meia e massageou os dedos dos pés, mas depois pareceu se esquecer da outra. De repente, parou até de massagear os dedos. Ficou sentado ali, olhando para o nada.

Já na cama, comecei a fazer minhas listas. Disse minhas quase preces duas vezes porque tinha medo de acabar esquecendo alguém. Sem Mamãe e o bebê, a casa parecia ainda mais solitária.

Puxei o cobertor e cobri a cabeça inteira, como se me fechasse num casulo.

Dentro do vespeiro, a penumbra era mais intensa que das outras vezes, mas nunca antes tinha podido ver as coisas com tanta clareza. Uma grande massa branca e translúcida que parecia feita de seda, cuspe e teia de aranha estava presa ao teto. Quando olhei para baixo a partir da minha plataforma — teriam construído a plataforma só para mim? —, pude ver, na parte imediatamente externa à saída circular, um enxame de vespas operárias que rodopiavam e batiam as asas, de modo a lançar o ar fresco do exterior para dentro do vespeiro. Eu podia sentir a brisa contra o rosto.

— O bebê está entrando no estágio chamado de pupa.

Era a rainha, e suas antenas me acariciavam. Não a ouvira chegar. Suas asas não faziam barulho quando se mexiam.

— Ele já não é mais uma larva. O bebê já comeu tudo o que precisava. Ele teceu um casulo em volta de si e agora está concentrado em crescer.

O vespeiro

Tentei olhar para dentro, mas o bebê estava totalmente encerrado dentro do casulo branco. Pensei em mim mesmo, dormindo na cama, todo enrolado no meu cobertor.

— Não sabia se você voltaria — disse a rainha.

— Parece que não tenho escolha.

— Mas é claro que você tem, meu bem. Você tem escolha. Você quis vir; é por isso que está aqui.

Não sei se acreditava no que ela dizia. Mas, de fato, agora me sentia diferente. Se o Dr. Brown estava certo, aquilo não passava de um sonho. Parecia real, mas não era. O sonho não tinha poderes sobre mim.

— Então, o que vai acontecer agora? — perguntei.

— Bem, o bebê vai crescer, e depois ele vai estar pronto.

— Para substituir nosso bebê.

— Deus do céu, lá vem você de novo. Este aqui é seu bebê.

— Nosso bebê precisa operar o coração.

— Ele está no hospital agora — falou a rainha. — Estou sabendo de tudo. Ele vai voltar de manhã. Sua mãe estará muito triste, com certeza. Mas ela vai tentar ser forte apesar de tudo. Os médicos terão dito para ela que a cirurgia precisará ser adiada até que o bebê esteja mais forte. E trata-se de uma cirurgia bem grosseira, se me permite dizer. Eles dão o melhor de si, não me leve a mal; eles têm as melhores intenções e tudo o mais, mas é um processo muito primitivo. Seja amoroso com sua mãe. Porque é fato que o bebê jamais estará forte e saudável o bastante para fazer a operação.

— Você não tem como saber! — gritei, e tive de dizer a mim mesmo que nada daquilo era real.

— Ele não tem muito tempo. E os médicos vão ser vagos. Eles vão dizer: "Ah, só quando ele estiver mais forte." Talvez eles realmente acreditarão nisso.

— Você tem certeza?

— É muito triste, mas ele não tem muito tempo. Como os outros estão lidando com a situação?

Sentia-me como se estivessem enchendo minha cabeça com bolinhas de papel, e eu tentasse abrir as bolinhas para poder ler as respostas, mas a letra era muito pequena, e os papéis estavam rasgados demais. Nada fazia sentido.

O vespeiro

— Nicole não entende de verdade o que está acontecendo — balbuciei.

— Graças a Deus. E seu pai?

Pensei nele sentado na beira da cama.

— Acho que nunca o vi mais triste.

— E você?

— O que tem eu?

— Quem está cuidando de você?

— Eu estou bem.

— Quem está tomando conta de você? Quem te diz uma palavra carinhosa?

— Eles estão cuidando de mim; só estão cansados demais.

— É claro. Eles devem estar em choque. Destroçados. Esse é o pior pesadelo para os pais.

Falei num tom desafiador:

— Mas você está aqui para consertar tudo, certo? Para fazer um bebê saudável.

— É claro que sim. Mas não poderíamos fazer nada sem você.

— O que você quer dizer com isso?

— Quando te piquei, foi para que eu pudesse me comunicar com você, é verdade. Mas havia outro motivo por trás da ferroada. Com ela, retiramos um pouquinho de você, um pouquinho do seu DNA. Só para nos ajudar a começar a fazer o bebê. Lembre-se de que não se trata de um bebê qualquer. É o bebê da sua família.

— Então... o bebê vai ser meu gêmeo?

— Ah, valha-me Deus, claro que não! Cuidamos de todos esses pequenos detalhes uma vez que já temos a matéria-prima. Ainda precisamos de sua ajuda para fazer outra coisa, porém.

— Como assim?

— Nós somos espertas, mas não podemos fazer tudo. Chegará um momento em que precisaremos de você.

— Por que você não conversa com meus pais sobre isso?

— Pode esquecer. Eles estão ocupados demais. As mentes dos adultos ficam muito embaralhadas.

— Eu não tenho nada a ver com isso! — Estava esquecendo de novo que nada daquilo era real.

— Ah, não? — falou a rainha. — Você é mais importante do que pensa.

Não resisti à curiosidade.

— E o que eu poderia fazer?

— Por enquanto, nada.

O vespeiro

— E quando vou ter de fazer, então?

— Vamos avisá-lo. Agora, só o que você precisa é dizer sim.

Aquilo era uma novidade. Até então, tudo o que eu fazia nos sonhos era ouvir e ver, como se assistisse a uma televisão onírica. Agora me pediam para fazer uma coisa.

— Você já reparou que nunca chama o bebê de "Theodore"? — perguntou a rainha.

— Como sabe o nome dele?

— Eu sei tudo o que você sabe. Nenhuma vez sequer você o chamou de "Théo". Por que acha que faz isso?

Dei de ombros.

— Você não se sente confortável em chamá-lo pelo nome porque não tem certeza de que ele sobreviverá. É como se admitisse para si mesmo que ele não é uma pessoa de verdade. E ele não é mesmo, certo? Ainda não. Não até acabarmos nosso trabalho. E acho que você sabe o que isso significa.

— O que isso significa?

— Que você está pronto para dizer sim.

— Mas vou dizer sim para o quê?

— "Sim" é uma palavra muito poderosa. É como abrir uma porta. É como avivar uma chama. É a palavra mais poderosa do mundo.

A maneira como a rainha falava era enlouquecedora, a forma como as palavras saíam dela e rodopiavam pelo ar.

— Mas você ainda não me disse...

— "Sim" significa sim e tudo o que essa palavra acarreta. Vamos terminar o bebê, e você vai entrar no quarto dele uma manhã e lá ele estará. Ele será saudável, e vai ser como se o bebê antigo nunca tivesse estado ali.

— Você fala com se meus pais não fossem notar a diferença!

— Ninguém vai questionar nada — falou a rainha.

— Você acha que vão se importar com qualquer outra coisa depois que virem como ele está saudável? Você realmente acha que vão pensar "Hum... Como ele pode ter ficado saudável tão subitamente? Que coisa preocupante! Que fato suspeito!"? Eles vão é ficar agradecidos. E lá estará Théo. Saudável. Antes que você se dê conta, vai ter esquecido completamente daquela porcaria de bebê quebrado.

O vespeiro

Eu me senti como se tivesse levado um tapa na cara. Aquela era a primeira vez que ela se dirigia a mim num tom indelicado.

— Você está sendo cruel — comentei.

— Às vezes a verdade dói. Agora, pense só na felicidade que seus pais vão sentir. Eles ficarão muito felizes, e tudo voltará a ser como antes. Felizes, felizes, felizes.

— Felizes... — De repente, senti de novo o cheiro de grama recém-cortada e uma refrescante brisa de verão.

— É isso mesmo. E tudo o que você tem de fazer é dizer sim. Sim para o fim do sofrimento e dos corações partidos. Sim para tornar sua mãe e seu pai felizes. Sim para que todos tenham uma vida melhor.

Pensei: *Isso é só um sonho.*

Pensei: *O sonho não tem poder sobre mim.*

Pensei: *Por que não?*

— Está bem — sussurrei.

— Desculpe, não consegui ouvir.

— Sim — gaguejei.

— Você pode falar com mais clareza, por favor?

— Sim, então! Sim! Sim!

Senti que um buraco enorme de tristeza se abria no meu peito, como se eu estivesse prendendo um fôlego que não sabia que precisava soltar. Eu estava chorando.

— Não fique assim — disse a rainha com gentileza, e suas antenas enxugaram minhas lágrimas. — Calma, calma. Liberte essa tristeza. Você fez a coisa certa, Steven. Você é um menino maravilhoso e corajoso. Obrigada.

Continuei chorando e depois acordei com o cobertor me sufocando, pois estava todo enrolado na frente do buraco que eu deixava aberto para respirar. Tirei o cobertor da minha cabeça e tomei uma golfada de ar. Por alguns instantes, me senti confuso e não conseguia me lembrar do que tinha acontecido. Quando lembrei, senti enjoo. Eu havia feito algo terrível. Tinha dito sim. Eu havia concordado em ajudar as vespas a substituir o bebê.

Respirando profundamente, tentei me acalmar. O Dr. Brown havia dito que os sonhos parecem muito poderosos, mas que não são experiências reais. Agora, a lembrança disso não fazia com que eu me sentisse nem um pouco melhor.

O vespeiro

— Eu não quis realmente dizer sim — sussurrei para mim mesmo.

Falei aquelas palavras como se esperasse que alguém fosse me responder. Que alguém fosse me perdoar.

— Eu não quis realmente dizer sim — repeti. — Eu não quis realmente dizer sim — falei com raiva, mordendo o travesseiro.

Por volta das 11h da manhã seguinte, Papai saiu para buscar Mamãe e o bebê no hospital. O bebê estava chorando e parecia ter mais energia. Mamãe estava com uma aparência arrasada, mas sorriu e disse que era incrível que alguém conseguisse se curar num hospital em que havia tantos barulhos e tanta gente entrando e saindo o tempo todo.

— Como ele está? — indaguei.

E Mamãe começou a me contar tudo o que a rainha me tinha dito no sonho; quase tudo.

— Quando ele estiver mais forte, vai fazer a operação. Talvez nesta semana ainda. Mas os médicos falaram que até lá ele pode ficar aqui em casa. Nós só vamos precisar tomar ainda mais cuidado com ele, e não deixar que fique com o corpo mole de novo, nem que as unhas ou lábios fiquem roxos. Então, se tivermos sorte, ele vai ser operado.

— E depois ele vai ficar bem de vez? — perguntou Nicole, enquanto atropelava sem parar um boneco com seu caminhão de brinquedo.

— Ele vai melhorar — disse Mamãe. — Mas não completamente. Ele sempre vai ter algumas coisas... diferentes.

Aquela foi a primeira vez que Papai e Mamãe realmente falaram sinceramente com Nicole sobre o bebê. Fiquei olhando para ela para ver como reagiria. Nicole deu de ombros.

— Para mim, ele parece bem — comentou, e foi procurar outros bonecos para torturar.

— A operação é arriscada? — perguntei para Mamãe.

— Ela é complicada, mas os médicos têm muita experiência com isso hoje em dia.

O vespeiro

Ela sorriu corajosamente. Abracei-a e disse que tinha certeza de que tudo ficaria bem, e tentei imprimir um tom de segurança à voz. Assim como a rainha havia me aconselhado.

Papai preparou o almoço, e comemos dentro de casa por minha causa, devido às vespas lá fora. O bebê havia acabado de tomar uma mamadeira inteira e estava no andar de cima cochilando. Mamãe tinha a babá eletrônica por perto.

— Eu chamei os dedetizadores — disse Papai para mim. — Eles vêm na sexta-feira dar cabo do vespeiro.

Era terça. Faltavam três dias ainda.

— Obrigado — falei e assenti.

— Foi a data mais próxima que consegui — falou. — Eles andam muito ocupados neste ano. Tem sido um verão terrível para vespas.

Estávamos lavando a louça quando ouvimos o choro. Todos paramos o que fazíamos, e eu senti uma descarga elétrica percorrer minha nuca. Aquele era um choro normal de bebê, mas se tratava de um som que nosso bebê jamais havia emitido. Ele costumava ser quieto.

Nunca havia chorado de verdade. No máximo, gorjeava de leve, como um passarinho. Entretanto, o que se ouvia na babá eletrônica era um legítimo choro enérgico de bebê.

— Será o Théo? — disse Nicole, com os olhos arregalados.

Mamãe e Papai se apressaram em subir as escadas. Fui atrás. Subi dois degraus de cada vez para acompanhar o ritmo deles. Quando entrei no quarto do bebê, Mamãe e Papai estavam debruçados sobre o berço, observando. Ele dormia um sono profundo, tinha uma respiração constante, e suas mãozinhas estavam fechadas.

Ainda podíamos ouvir a distância o som do choro que vinha da babá eletrônica no andar de baixo.

— Que estranho — comentei.

Papai pegou a babá eletrônica que estava no quarto do bebê e trocou o canal. O som que vinha lá de baixo cessou.

— Devemos estar pegando a frequência da babá eletrônica de outra pessoa — disse Papai.

— Nossos vizinhos novos têm um bebê, não têm? — falou Mamãe.

O vespeiro

Papai concordou.

Sei que pode parecer loucura, mas não consegui parar de pensar que o choro não vinha do bebê do vizinho. Ele vinha do bebê que estava do lado de fora da nossa janela, crescendo dentro do vespeiro.

Naquela noite, Mamãe e Papai trancaram a porta do quarto deles, mas eu ainda conseguia ouvi-los conversando. Acho que conversaram um pouco sobre mim, porque de repente ouvi o nome do Dr. Brown, mas depois mudaram o assunto para o bebê. Quando me arrastei pelo corredor para poder escutar melhor, Mamãe falava de um sonho que ela tivera no hospital na noite anterior. No sonho, uma enfermeira dizia para ela que na verdade houvera uma troca de bebês no hospital, e que tinham dado a ela o bebê errado. A enfermeira então trouxe o bebê certo, e não havia nada de errado com ele: era saudável. Não consegui ouvir o que Mamãe disse depois, porque ela começou a chorar, mas consegui escutá-la dizer a palavra "envergonhada", e depois, a voz doce e baixinha de Papai abafou o som dos soluços dela.

Agora, o vespeiro estava bastante escuro por dentro. Quase não conseguia ver as paredes, e depois me dei conta de que aquilo se devia ao fato de o bebê ter crescido tanto que bloqueava quase toda a luz que entrava ali. Senti sua presença, mas só conseguia distinguir seu contorno. O vespeiro estava bastante úmido. No inverno passado, fomos ao zoológico e visitamos o pavilhão das florestas tropicais, lotado de pessoas usando casacos de gomos. Havia muitos macacos e gorilas, bem como o cheiro deles, sua comida e seu cocô. O odor era sufocante, e precisei sair do pavilhão para poder respirar um pouco do ar gelado. Era assim que o vespeiro estava agora.

Quase que imediatamente a rainha apareceu diante de mim. Não queria que ela encostasse em mim com suas antenas, mas sabia que aquela era a única maneira de nos comunicarmos.

— É um prazer revê-lo, como sempre. Que gentileza sua dar uma passadinha aqui.

— O choro que a gente ouviu hoje veio desse bebê?

O vespeiro

A rainha deu um pulinho de alegria.

— Que pulmões saudáveis ele tem, não?

— Levamos um susto enorme.

— Foi um choro saudável, nada de mais, bem diferente dos gritinhos enfermiços daquele outro lá no berço. Estou tão feliz por vocês o terem ouvido! Ele está chorando por vocês, está tentando dizer que ele já está pronto para nascer e para ser amado por todos. Conhecê-los é o que ele mais quer na vida. Está crescendo o mais rápido que pode! Você quer vê-lo?

— Eu não...

— Ah, venha ver o bebê! Não dá para enxergá-lo direito daí debaixo. Está muito escuro. A iluminação é mais favorável lá em cima. Tenho certeza de que você vai se apaixonar por ele.

Mais uma vez, senti que me carregavam e erguiam. À medida que nos aproximamos, pude perceber como ele era grande. Dei-me conta de que, lá debaixo, o que eu via eram os vultos das costas, do traseiro e das pernas. Agora, de repente, estava no alto do vespeiro, onde havia luz, e enxergava o bebê de cima.

A camada sedosa que antes o cobria já não existia. Ele estava pendurado no teto, preso por um cabo fino, semelhante a um cordão umbilical, mas que se conectava a sua nuca, e era feito do mesmo material do vespeiro, que parecia papel. E o bebê...

— Ah — sussurrei e repeti: — Ah...

— Pelo visto, ele ficou ótimo — disse a rainha com orgulho.

Respirei fundo o ar úmido, e estranhamente ele não cheirava mais tão mal. Tinha o odor do hálito leitoso de um bebê.

— Ele é tão lindo — confessei.

— Não é?

Ele era gordinho e possuía covinhas nos pulsos e nos joelhos, e uma boca curvada perfeita. Eu não tinha dúvidas de que aquele era nosso bebê, antes de ele ter problemas no DNA, antes de sair da barriga da minha mãe, antes de dormir no berço do quarto no fim do corredor.

— Posso encostar nele? — perguntei.

— Ainda não. Ainda não terminamos o trabalho.

Quando olhei mais de perto, vi grupos de vespas que se moviam pelo corpo dele — terminando uma unha pequena que ainda não estava completa, encaixando o lóbulo de uma orelha —, e elas regurgitavam uma substância que depois transformavam em carne de bebê.

Fascinado, observei os pequenos canteiros de obras, e todos os pensamentos da minha cabeça, que mais pareciam espirais quentes e espinhosas de estática, de algum modo, se acalmaram. Tudo estava quieto dentro de mim.

— No estágio de pupa, quase tudo é feito, mas sempre sobra um detalhe ou outro para ajustar. Uma coisinha aqui e outra ali. Não trabalhamos com pressa. Queremos ter certeza de que as partes estão perfeitas antes de as encaixarmos — explicou a rainha. Então, ela se dirigiu às operárias. — Bom trabalho, meninas! Está ficando ótimo!

Parecia que elas não conseguiam ouvir a rainha, ou que simplesmente decidiram não responder. Talvez não fossem capazes de falar.

— É incrível — falei.

— Ora, obrigada. Nem todos sabem apreciar nossas habilidades. Não conseguem ver o trabalho todo que existe por trás do que fazemos. Não olham as coisas de perto, sabe? Gosto de pensar que somos pedreiras, como aqueles trabalhadores que construíram as grandes catedrais ou as pirâmides. Foram necessários milhares deles para completar essas obras, muitas das quais duraram por décadas.

A rainha se voltou outra vez para as operárias e falou com alegria:

— Perfeito, meninas! Mantenham esse ritmo!

Mais uma vez, as operárias a ignoraram.

— É importante manter o moral elevado — confidenciou-me a rainha. — Elas não costumam receber elogios de gente de fora. É bom para o moral. Sinta-se livre para elogiá-las, porque isso vai deixá-las animadas.

Gritei desajeitadamente:

— Bom trabalho, pessoal!

Mais baixinho, a rainha me disse:

— Elas têm vida curta, sabe? Só duram algumas semanas. Mas têm muita energia. Dedicam as vidas exclusivamente a este projeto. Em prol de você e da sua família. E aqui está ele, seu bebezinho Théo. É impossível dizer que não é ele. A única diferença é que esse não tem aqueles defeitos infelizes.

Lembrei-me do que Mamãe havia dito sobre seu sonho, que tinham se confundido no hospital, que lhe haviam entregado o bebê errado. E depois lhe traziam o certo.

— Quando eu disse sim, com o que exatamente estava concordando?

— Bem, fico feliz com sua pergunta. Quando seu bebê ficar pronto, vamos ter de levá-lo para casa, para o berço dele.

— E como vão fazer isso?

— Você vai nos ajudar. Foi com isso que você concordou. Quando tudo estiver pronto, só vai precisar abrir a janela do quarto do bebê e remover a tela mosquiteiro. Apenas isso. Nós cuidaremos do resto. Nem é um trabalho difícil, não é verdade? Basta abrir a janela e remover a tela. Abrir a janela e remover a tela.

— Abrir a janela e remover a tela — repeti.

— Exatamente.

— Mas e nosso bebê? — indaguei.

— Lá vem você de novo — repreendeu-me a rainha.

— Ele vai ser operado em breve...

O vespeiro

— Não vai dar certo. Ele não vai sobreviver.

Engoli em seco.

— Você tem certeza?

— Sim. E você também. Sua decisão já foi tomada, Steven. Ou você fica com esse bebê perfeito, ou não fica com bebê nenhum. O que acha que vai ser melhor para sua família? Não se trata nem de uma escolha! Escolher pressupõe um pouco de reflexão, um pouco de conflito interno. Você nem precisou refletir sobre isso. É tudo ou nada. Mas precisamos entregar o bebê novo antes que o antigo morra.

Pensei em toda a agonia que Mamãe e Papai sofreriam caso o bebê morresse. Era insuportável, ainda mais sabendo que eu poderia evitar todo esse sofrimento. Trinquei os dentes e lembrei a mim mesmo que tudo aquilo não passava de um sonho.

— Nada disso importa — sussurrei.

A rainha inclinou a cabeça, como se estivesse surpresa.

— Não importa?

— Isso é apenas um sonho. Está tudo na minha mente.

— Está bem, Steven. Sei que deve estar sendo bastante difícil para você. — Ela me acariciou com as antenas, e me senti perdoado com aquele gesto. — Qualquer um teria dificuldades em lidar com isso. Quer que eu o ajude a descobrir se tudo é real?

Assenti.

— É claro que você quer. Está bem — falou.

Com rapidez, ela avançou em minha direção e me mordeu. Soltei um grito à medida que as duas pontas da sua mandíbula perfuraram as costas da minha mão.

— Sinto muito, mas assim você vai ter certeza de que é tudo verdade — falou, com gentileza.

Apertei minha mão contra o corpo, e a dor aumentou até que tudo se tornou escuro — e, pela primeira vez em muito tempo, eu tive a sensação de que tudo daria certo.

Iluminados pela luz da manhã, vi dois pontinhos inchados nas costas de minha mão direita.

*N*O CAFÉ DA MANHÃ, FALEI PARA PAPAI:

— Estou me sentindo meio culpado com esse negócio de destruir o vespeiro.

Ele parou de passar manteiga na torrada para me observar.

— Você está de brincadeira comigo.

Depois que acordei e vi os pontinhos vermelhos na minha mão, tive medo de ter uma reação alérgica. Depois me dei conta de que aquilo se tratava de uma mordida, e não de uma ferroada. A mordida não tinha veneno. Olhei em volta da minha cama à procura de cantos e quinas pontudos contra os quais eu talvez pudesse ter batido a mão, mas não havia nada. Eu sabia como aquelas marcas foram feitas, mas não podia contar a Mamãe ou a Papai. Eles diriam que há várias explicações possíveis para elas. Podia ter sido uma aranha ou outro inseto que me mordeu durante a noite. Podia ter esbarrado em alguma coisa sem perceber. Eu sabia o que pensariam.

Mas a rainha tinha me dado uma prova da sua existência, assim como havia prometido. Meus sonhos eram reais. O vespeiro era real. O bebê que estavam fazendo ali dentro também era real. Mas faltavam dois dias para o dedetizador chegar; e se as vespas não conseguissem terminá-lo a tempo?

— Não sei bem, mas é que agora acho que talvez seja errado — falei, tentando parecer calmo. — Interferir com a natureza, quero dizer. Elas gastaram muito tempo para construir o vespeiro e botar seus ovos. E não são simples pragas. Elas polinizam flores e outras plantas.

— Hum.

— Elas formam uma parte importante do ecossistema.

— Foi Vanessa que falou essas coisas para você?

O vespeiro

— Não! Bem, ela me contou algumas coisas sobre vespas, mas ela não acha que devamos manter o vespeiro. É que... não gosto da ideia de matar tantas vespas, eu acho. Só por minha causa.

Papai suspirou e olhou para Mamãe, ocupada com a cafeteira do outro lado da cozinha.

— Está ouvindo isso?

— Você é alérgico, Steve — falou Mamãe.

— Mas agora eu tenho a caneta de adrenalina. E prometo que não vou mais fazer um escândalo quando elas voarem perto de mim. É sério, já nem tenho mais tanto medo delas.

— Que bom — disse Mamãe —, mas ainda assim acho uma boa ideia nos livrarmos do vespeiro.

— Já marquei hora com o dedetizador; ele vem na sexta — argumentou Papai.

— Se vocês quiserem, posso cancelar. Qual é o nome da empresa? Eu posso ligar para lá.

Papai me olhou com cuidado, e eu soube que dessa vez tinha ido longe demais, tinha soado muito ansioso.

— Vamos deixar isso quieto, está bem? Eu preciso ir trabalhar — falou Papai.

— Está bem — assenti.

Depois do almoço, Mamãe foi com o bebê para o hospital para encontrar a equipe de cirurgiões. Vanessa estava lá em casa. Enquanto Mamãe estava por perto eu não podia fazer aquilo, mas depois que ela saiu, subi para o quarto de meus pais para procurar. No quarto havia uma velha mesa verde em que eles colocavam todas as contas e outras chatices, e pensei que talvez eles tivessem escrito o nome do dedetizador em algum lugar por ali.

Havia milhares de pedacinhos de papel, a maioria com coisas relacionadas ao bebê e a médicos, e bilhetinhos com endereços e telefones anotados, mas não consegui encontrar nada relacionado ao dedetizador. Em uma das gavetas fundas, encontrei uma cópia da lista telefônica. Quando a peguei, pude ver a faca.

Só de vê-la me enchi de medo. Ela tinha uma curvatura estranha. Porém, não resisti e fechei o punho em volta do cabo e senti como este tinha boa pegada. Uma vontade irresistível de acariciar a lâmina, de sentir seu

O vespeiro

fio quase se apoderou de mim. Ela era capaz de cortar muitas coisas e de fazer cortes bastante profundos.

Respirei fundo e devolvi a faca à gaveta. Abri a lista telefônica na seção "Dedetização". A seção continha muitas páginas, e não havia nenhum anúncio marcado a caneta. Eu levaria muito tempo para ligar para todos aqueles lugares...

— Steven!

Era a voz de Nicole que vinha lá de baixo.

— Onde está você? — gritou.

Joguei a lista telefônica de volta na gaveta.

— Aqui em cima!

— Tem um telefonema para você!

O telefone não havia tocado.

— Steven!

— Está bem, já estou indo!

Nicole estava me esperando no fundo da escada segurando o fone de seu telefone de brinquedo.

— Acho que é o Sr. Ninguém — disse Vanessa, soltando um risinho.

— Ele quer falar com você — disse Nicole.

Eu estava sem paciência.

153

— Fala você com ele, Nicole.

— Mas ele disse que precisa falar com você.

Aquilo nunca havia acontecido antes. Não fazia parte do jogo. Eu não precisava de mais uma esquisitice na minha vida: já me bastavam meu estranho bebê quebrado, meus sonhos estranhos e minhas vespas estranhas. Não precisava ter também uma irmã esquisita, para fechar com chave de ouro.

— Pare de falar do Sr. Ninguém, Nicole, está bem? Ninguém se importa com ele!

Ela riu.

— Que engraçado, você acabou de dizer "Ninguém se importa com o Sr. Ninguém". Isso quer dizer que...

— Cala a boca, Nicole!

Minha irmãzinha não me devolveu o "Cala a boca". Ela ficou me olhando com os enormes olhos castanhos, ainda segurando o telefone de brinquedo.

— Ei, Steven, vamos lá! — disse Vanessa, apontando para o telefone com a cabeça, sinalizando para que eu atendesse logo.

À medida que desci as escadas, meus pés pareciam não tocar os degraus. O telefone estava quente por

O vespeiro

causa da mão de Nicole. Coloquei o fone no ouvido. Fiquei com raiva e me senti um idiota ao mesmo tempo. Silêncio.

— Não tem ninguém do outro lado da linha — falei.

— Você tem que falar "alô". Olhe os modos, Steve! — disse Nicole, em tom solene.

Aquela era apenas uma brincadeira boba, e fazia tempo que eu não brincava com minha irmãzinha; então, de repente comecei a me sentir culpado por estar brigando com ela.

— Ah, OK. Alô, Sr. Ninguém. Sou o Steve. — Olhei para Nicole, e ela parecia querer que eu continuasse. — Que bom que você ligou, Sr. Ninguém. Sim, estou bem, obrigado. E o senhor?

— Estou preocupado com você — disse uma voz ao meu ouvido.

A voz soava como um pedaço de metal contra um amolador, estridente e áspera ao mesmo tempo. Não se parecia com nenhuma voz humana que eu já tivesse ouvido. O telefone estava como que soldado a minha mão; eu não conseguia largá-lo. Engasguei e comecei a tossir.

— Você vai precisar da faca — continuou a voz.

Dessa vez, afastei o telefone da minha cabeça com um golpe.

— O que é isso? — gritei. — Que brincadeira idiota é essa, Nicole?!

— Eu avisei — falou ela, pegando o telefone da minha mão e colocando-o no gancho.

— Está tudo bem? Steve? — perguntou Vanessa.

Andei depressa até o banheiro e tranquei a porta. Fiquei balançando em frente à privada, tentando respirar, e senti que minha garganta se fechava mais e mais. Finalmente me debrucei e tentei vomitar, mas não veio nada. Tentei uma segunda e uma terceira vez, e cuspi para limpar o gosto ácido que tinha na boca.

Vanessa estava batendo na porta.

— Você está bem?

Esfreguei muito as mãos sob a água quente. Queria remover a sensação de tocar o telefone. Depois, tentei secar as mãos dando tapinhas na toalha em vez de esfregá-las nela, pois, caso contrário, minha pele ficaria irritada. Se Mamãe visse minhas mãos avermelhadas, ela faria um comentário, ficaria preocupada e

lançaria *aquele* olhar a Papai. Achei um hidratante no armário de remédios e lambuzei as mãos.

— Você parece destruído — disse Vanessa, quando saí do banheiro.

— Estou meio mal do estômago. Às vezes tenho isso. Mas estou bem. Não conte para Mamãe ou Papai.

Ela ficou muda.

— Vanessa, se você contar para eles, vou falar para Papai que você me ensinou mais coisas sobre as vespas. E aí ele vai te demitir.

Ela pareceu bastante magoada e balançou a cabeça como se não entendesse porque eu estava me comportando daquele jeito.

— Está bem. Se você tem certeza disso — falou.

— Sim, tenho.

Algum tempo depois naquela tarde, Mamãe voltou do hospital e estava sorrindo.

— Disseram que o bebê está bem melhor — falou.

— Está bem mais forte agora. Marcaram a cirurgia para sábado de manhã.

O vespeiro

Durante todo o jantar, Mamãe, Papai e Nicole ficaram felizes, e eu mantive um sorriso grudado na cara. Sentia como se minha cabeça fosse explodir para fora dos ombros. Já não sabia o que pensar. Havia escutado vozes que saíam de um telefone de brinquedo. O bebê estava ficando mais forte, e não mais fraco, como me havia dito a rainha. Ela garantira que ele jamais ficaria saudável o bastante para fazer a cirurgia. Ou ela ou os médicos estavam mentindo. Porém, eu não podia falar nada disso aos meus pais, porque, se o fizesse, eles me internariam no hospital e me encheriam de remédios, e aí eu não ia conseguir fazer mais nada pelo bebê.

Eu me sentia quebrado, todo em pedaços.

Nicole ainda gostava que eu a colocasse na cama para dormir; então, depois que Mamãe e Papai lhe davam boa-noite, era minha vez.

— Ei — sussurrei e me ajoelhei ao lado da cama —, há quanto tempo você conversa com o Sr. Ninguém?

— Não faz muito tempo. — Ela franziu o cenho. — Você ouviu ele, não é?

— Então, ele realmente fala com você? Da mesma maneira que estou falando agora? — indaguei.

Ela assentiu.

— Não é faz de conta?

— Eu sei o que é faz de conta — disse ela, com desdém.

— Está bem. — Senti-me um pouco melhor. Ou minha irmã também estava louca, ou nenhum de nós estava.

— O que o Sr. Ninguém fala para você?

— Geralmente, coisas do tipo "Tome cuidado. Cuidado com as vespas. Tome conta do seu irmãozinho. Certifique-se de que seu irmão mais velho está bem".

Pisquei.

— Sério?

— Hum-hum. Então, você está bem?

Eu quase ri.

— Acho que sim. Quem é ele?

Nicole deu de ombros.

— Você pode ligar para ele? — perguntei.

— Eu já tentei, mas é só ele que pode me ligar. — Ela balançou a cabeça.

O vespeiro

— Mas o telefone nunca toca.

— Eu escuto ele tocar.

— Você e mais ninguém.

Aquilo não parecia incomodá-la.

— É um toque especial; vocês é que não prestam atenção.

— E ele fala sobre as vespas?

— O Sr. Ninguém fala que elas podem machucar o bebê, mas que você vai tomar conta dele. — Ela se aconchegou ainda mais na cama. — Me bota para dormir agora.

Puxei o cobertor dela até os ombros e o queixo.

— Este é meu ninho — falou com alegria.

Estava muito escuro dentro do vespeiro, e imediatamente pude sentir o fedor que havia ali — um cheiro de estábulo, uma mistura de fezes de galinha e de porco. Eu tinha consciência do bebê que estava logo acima de mim, se espremendo contra as paredes. Não quis olhar para ele.

— Ah, aí está você! — disse a rainha. — É tão emocionante! Ele está quase pronto, olhe só!

Olhei, relutante. De algum modo, o bebê havia se virado dentro do vespeiro, e agora seu bumbum estava perto do teto, e a cabeça careca, perto de mim. Assim que olhei para o rosto dele, o fedor de galinheiro desapareceu, e uma linda fragrância invadiu o vespeiro: era a cabeça de Théo depois do banho; ela exalava um cheiro tão intenso que dava vontade de beijá-la sem parar.

— Você está fazendo algo — falei para a rainha. — Está mudando os cheiros. Isso tem algo a ver com feromônios.

— Feromônios! Que palavra difícil. Parabéns. Quem foi que falou para você sobre feromônios?

— Vanessa. — Imediatamente me arrependi de ter dito o nome dela. Não queria que as vespas soubessem nada sobre as pessoas da minha vida.

— Ela é bem esperta. Mas todos produzimos feromônios. Como você sabe que não se trata do seu próprio? Talvez o bebê os tenha acionado, e agora estão lhe dizendo que você deve amar e cuidar dele.

Ele tinha uma cabeça e um nariz perfeitos, e lábios cheios perfeitamente moldados. Sem contar os cílios enormes e lindos.

— Você parece perturbado, Steven — falou a rainha, tocando meu rosto. — Fale-me sobre seus problemas.

— Eu recebi uma ligação.

O vespeiro

— Isso não me surpreende. Estava esperando que ele aparecesse mais cedo ou mais tarde — disse a rainha, com calma.

— Você sabe quem ele é?

— Ele é um de muitos. Ele é o nada e a escuridão. É um encrenqueiro que não gosta do nosso trabalho.

— Ele disse que...

— Ele é um mentiroso. E não é nosso amigo, Steven. Ele é seu pesadelo. É um desocupado que fica parado ao pé da cama das crianças.

Uma descarga de terror me atravessou o corpo.

— É... talvez...

— Talvez não, com certeza. Tem algo mais incomodando você?

— Ele já está bem melhor — contei à rainha.

— Me desculpe, quem?

— Nosso bebê. Théo.

— Acho que não.

— Ele está com a operação marcada para sábado. Já está forte o bastante!

— Bem, de qualquer jeito isso não importa.

Sacudi a cabeça.

— Mas você falou que ele ia morrer antes da operação.

— É impossível saber tudo, Steven.

Olhei em volta do vespeiro para o bebê preso ao cabo. Depois, fitei meus pés e pensei em Théo no seu berço, recobrando a saúde.

— Eu mudei de ideia, então — falei.

A rainha ficou em silêncio, me encarando com os enormes olhos compostos.

— O quê?

— Quando eu disse sim; eu retiro o que disse.

Ela continuou a me fitar.

— Eu cometi um erro — falei.

— Uma vez que você diz sim, não é mais possível dizer não.

— Bem, mas foi um erro.

A rainha parecia enfurecida.

— Uma vez que você diz sim, não é mais possível dizer não!

— E quem falou isso?

— É assim que as coisas funcionam.

— E quem fez essas regras?

— Eu é que não fui!

O vespeiro

— Então, quem foi?

A rainha começou a balançar as antenas com irritação.

— Quem? — Exigi uma resposta.

— Você está gritando.

— Você mentiu para mim! Você disse que o bebê ia morrer e que esta era a única maneira de ficarmos com ele!

— Você ainda está gritando, Steven. Você está chateado. Vamos lá, respire fundo, assim como o Dr. Brown ensinou. Imagine um balão dentro do seu estômago. Encha o balão.

— Talvez o bebê não morra!

— Muito bem, chega de rodeios — falou a rainha.

— Digamos que o bebê sobreviva à operação, e estamos falando apenas de uma possibilidade, de um enorme "se", se você aceita minha experiente e sincera opinião. E aí, e se ele sobreviver, o que vai acontecer depois?

— O que você quer dizer com isso?

— O defeito que ele tem no coração é só o começo, a ponta do iceberg. A vida dele vai ser muito difícil. Ele vai sofrer muito ainda, assim como sua família inteira.

Você acha que vai ser divertido ter um irmão esquisito desses em casa? Estou falando a verdade para você. Talvez você nem goste do seu irmão esquisito. Talvez seus amigos não gostem dele, e talvez parem de visitar você por isso.

Meus amigos não me visitavam muito de qualquer jeito. Não é como se eu tivesse uma penca de amigos, na verdade.

— Talvez ele não ande. Talvez não fale. Talvez não seja capaz de comer sem a ajuda de alguém. Talvez ele não consiga pensar direito. Talvez ele não saiba usar o banheiro. Você vai passar a vida toda limpando o xixi e o cocô dele.

— Você não tem como saber isso!

— Ah, perdão, e você tem?

— Não, ninguém tem. Temos que...

— Esperar para ver, eu sei. Esperar para ver. Para quê, se é possível consertar tudo agora? Quem recusaria um presente desses? Você por acaso é o Grinch?

Naquele momento, o bebê abriu os olhos e olhou para mim. O olhar dele era tão claro e sincero que era impossível não encarar de volta.

O vespeiro

— Ele é perfeito, não? — perguntou a rainha.

— É mesmo? — rebati, hipnotizado pela beleza do bebê.

— É claro que sim. Se não, de que teria adiantado todo esse trabalho?

— Ninguém é perfeito — falei, mas já não tinha certeza daquilo.

— Ah! — As antenas da rainha se retorceram, e os pelos em seu rosto brilharam ao serem atingidos pela luz. — É aí que você se engana. Essa é a maneira antiga de se pensar. Já tem tempo que faço isso, e alguns dos meus bebês realmente fizeram a diferença. Tornaram-se líderes e visionários, responsáveis por coisas incríveis. Não quero me gabar, mas posso dizer que alguns dos meus bebês acabaram mudando o mundo. E este é o melhor que já fiz. É minha obra-prima, acho. E é isto que lhe oferecemos: o bebê perfeito.

— Mas e nosso bebê, o que vai ser dele? — perguntei.

— Ah, estou entendendo... Você acha que não temos coração?

O vespeiro

A rainha andava inquieta de um lado para o outro, e pude ver de relance seu abdômen e, no fim dele, o ferrão, o mais fino e afiado espinho. Da ponta brotava uma gota de veneno.

— Você acha que somos cruéis e sem coração? Mas quem não iria querer um bebê perfeitamente saudável? E que ainda por cima é extremamente inteligente! O QI deste bebê vai ser astronômico! Ele jamais adoecerá. Jamais ficará ansioso. Jamais se sentirá só ou depressivo. Ele vai ser destemido! E corajoso! Ele vai tornar o mundo um lugar melhor! É isso o que estamos oferecendo. É como se o Natal tivesse chegado mais cedo! É tudo o que qualquer pai ou mãe querem. É o que todos querem. Olhe só para ele. Steven, você não está olhando para ele!

— Não quero olhar para ele!

— Como pode dizer isso? — perguntou a rainha, com uma tristeza tão sincera que me senti envergonhado. — Você o ouviu chorar. Você viu os cílios dele. Ele tem uma parte sua dentro de si.

Fiquei chocado ao me lembrar de que a rainha tinha me picado e levado um pouco do meu DNA para o bebê novo. Olhei para os olhos dele, tão calmos e serenos. Todos os meus pensamentos começaram a se desfazer e a faiscar, como a ponta do pavio de um detonador.

— Você está dizendo que não quer que ele nasça? — indagou a rainha. — Ele é seu próprio irmão. Ele quer nascer.

— Pois que nasça! — gritei mais alto que os ruídos em minha cabeça. — Mas por que temos de substituir Théo? Isso não é justo! É só você dar este bebê para outra pessoa! Os dois podem sobreviver!

O abdômen da rainha se retorceu.

— Não fale absurdos! Você acha que podemos simplesmente abandoná-lo numa cesta de palha em frente à casa de qualquer um? Esse bebê foi feito especialmente para você e sua família. E, Steven, você está se esquecendo da coisa mais importante: existe somente um bebê.

— Existem dois!

— Existe apenas um, e apenas um sobreviverá.

— Eu não desejei nada disso! — gritei com fúria. — Nada disso! — De repente entrei em prantos, e lágrimas e catarro cobriram meu rosto. — Não é justo! Eu não queria nada disso! Não pedi que acontecesse!

O vespeiro

— É claro que não — falou a rainha, acariciando meu rosto. — É claro que não. Mas aqui estamos, e as coisas seriam bem melhores se você pelo menos fosse sincero consigo mesmo, Steven.

Desvencilhei-me dela.

— O que você quer dizer?

— Você realmente gosta de ficar sentindo medo o tempo todo? Todos os seus pesadelos. Todas as suas listas, preocupações e compulsões. Isso é divertido, Steven? Acho que não. Você acha? Imagine só se nós tivéssemos podido lhe ajudar.

— Me substituir, você quer dizer!

— Que coisa, que coisa... A conversa mais uma vez volta para essas palavras bobas que você teima em usar. Não seria bem melhor ser normal e dormir sem precisar se esconder debaixo das cobertas e desejar ser engolido pelo chão?

— Eu já não faço mais isso — menti. Odiava o fato de que ela sabia tanto sobre mim. Sentia-me invadido.

— Eu sei tudo sobre você, conheço cada pedacinho desde que lhe piquei. Ainda podemos lhe ajudar, sabia? Seu caso não é muito grave. Podemos fazer alguns ajustes.

— Ajustes...

— Uma mexida aqui, outra ali. Para te ajudar a ser mais quem você é, para fazer de você quem realmente você quer ser. Tudo o que você precisa fazer é nos ajudar.

Só de pensar no que ela falava, meu peito doeu. Normal. Ser mais quem eu queria ser.

— Vocês podem fazer isso? — perguntei.

— É claro que sim. — Ela acariciou meu rosto, e eu deixei.

— Então, eu abro a janela e a tela mosquiteiro, e vocês entram...

— Sim, entraremos e carregaremos seu bebê com muito cuidado. Vão ser necessárias muitas de nós, mas somos muito fortes, surpreendentemente fortes, quando voamos juntas. Somos capazes de carregar bastante peso.

Lembrei-me da vespa carregando uma enorme aranha morta que eu havia visto na mesa do quintal.

— Vamos colocar o bebê no berço, ajeitar o cobertor, e pronto: lá estará ele.

— E depois?

O vespeiro

Eu precisava estar a par de tudo. De cada passo. Olhei de novo para os olhos abertos do bebê. Havia algo neles que eu não conseguia distinguir. Não era inocência. Aquele bebê não estava esperando para aprender o certo e o errado, o bom e o ruim, o amor e o ódio: ele já sabia. Ele já tinha as respostas para tudo. Não havia nada de fraqueza naquele bebê, ele jamais sofreria qualquer coisa.

— Vamos colocar Théo no berço — falou a rainha.

— E depois eu vou picá-lo de leve, como se fosse aquela palmada para respirar, para que ele comece a viver.

— E o outro bebê?

— Que outro bebê? — perguntou a rainha.

— Pare com isso! Estou falando de Théo... do bebê que já existe! O Théo que está agora no berço!

— Quando formos embora, levaremos conosco as partes defeituosas.

— Partes defeituosas?

— E por que você iria querer ficar com elas? Não servem para nada. Nós sempre deixamos tudo limpo e organizado quando terminamos nosso trabalho. Um pedreiro nunca foi a sua casa fazer alguma obra e depois deixou tudo sujo? É terrível. Escombros e pedaços de coisas que não foram usadas. Não é assim que nós trabalhamos. Deixamos tudo exatamente do modo como o encontramos, só que muito, muito melhor.

— Não, não é... isso não está certo! — Afastei-me das antenas da rainha, mas elas serpentearam na minha direção. — Você não pode simplesmente descartar nosso bebê como se ele fosse lixo. Isso não está certo.

— Nós não jogamos nada fora, reaproveitamos tudo — disse a rainha, cheia de indignação.

— O que você quer dizer?

— Nós o levamos para o vespeiro.

Por um momento, me enchi de esperanças. Estupidamente perguntei:

— E vocês tomam conta dele?

— Não, não. As operárias o devoram. Elas labutaram como escravas, não é verdade? Você viu como elas trabalham duro! Precisam receber uma recompensa por isso. É justo. É um banquete e tanto.

O bebê sorriu para mim. Talvez ele estivesse com gases e por isso fez uma careta, ou talvez estivesse sonhando com a glória antes do seu nascimento. Mas eu sabia,

O vespeiro

tinha certeza absoluta de que aquele bebê perfeito não se importava com nosso pequeno Théo. Não se importava comigo e com mais ninguém. Ele não era capaz de se importar, porque era tão perfeito que não conseguiria sequer entender o que é ser imperfeito. Ele jamais experimentaria a fraqueza ou o medo.

Mas eu sim. Porque eu também estava quebrado por dentro. E, naquele momento exato, decidi que aquele bebê perfeito jamais substituiria meu irmãozinho.

— Não vou mais ajudar vocês — falei.

— Ah, pelo amor de Deus! Nós temos um contrato.

— Eu não assinei nada!

— Você não precisou assinar. O contrato foi selado quando você disse sim em voz alta. E nós devemos cumprir nossos acordos, não é verdade? Caso contrário, a que ponto chegaríamos? Ao ponto em que as pessoas dizem sim querendo dizer não; ao ponto em que dizem não querendo dizer sim? Não é dessa forma que deve funcionar uma sociedade. E todos almejamos uma sociedade ordenada. É por isso que fazemos nossos bebês tão perfeitos. Somente um bebê perfeito pode construir uma sociedade perfeita.

— Não vou ajudar mais! — gritei. — Eu-não-digo-
-sim!

Esperava que a rainha fosse ficar com raiva e me
mostrasse de novo seu ferrão, ameaçando injetar em
mim uma dose maior de veneno. Por que ela não me
havia picado mais cedo? A única resposta que conseguia imaginar é que ela precisava de mim. Ela própria
dissera que não poderiam fazer aquilo sem minha
ajuda.

— Steven, se você não ajudar, ele vai morrer.

— Não! Se eu ajudar, nosso bebê vai morrer!

— Este bebê daqui é seu bebê. Por que não consegue entender isso? Este é seu bebê, só que saudável, só
que sem falhas ou máculas! Este é nosso presente para
você! Você está tendo um ataque de pânico, Steven.
Lembre-se: respire fundo, assim como o Dr. Brown lhe
ensinou.

— Vou contar tudo para meus pais!

— Deus do céu, mas é cada ideia! Vá em frente. Posso lhe dizer exatamente o que vai acontecer se você fizer isso. Eles vão interná-lo na ala psiquiátrica para ava-
liação, e vão enchê-lo de sedativos e de antipsicóticos,

O vespeiro

e depois vão começar a discutir seu diagnóstico. Talvez seja esquizofrenia, ou transtorno bipolar, ou sabe-se lá o que mais vão inventar para você!

Eu sabia que ela tinha razão. Precisava guardar tudo aquilo para mim, enrolado e lacrado como um casulo.

— Bem — falou a rainha —, amanhã é quinta-feira, e vamos te chamar. Esteja preparado.

Na quinta-feira à tarde, Papai estava no trabalho e Mamãe tinha ido a uma reunião de um grupo de apoio aos pais de crianças doentes. Vanessa estava deixando Nicole em uma festa de aniversário e depois ia resolver outras coisas antes de buscá-la e trazê-la de volta para casa. Eu estava sozinho com o bebê.

Eu sabia que, o que quer que as vespas fossem fazer, fariam à noite, e tinha de estar preparado. Théo tirava uma soneca, e eu estava no andar de baixo na cozinha com a babá eletrônica ligada. Peguei caneta e papel e fiquei admirando-os, tentando bolar um plano, tentando pensar numa lista de coisas que pudessem ser úteis, coisas de que eu pudesse precisar.

Da babá eletrônica saiu uma voz, que disse:

— Steven.

Minha respiração parou; o ar ficou entalado na garganta. Aquela era a voz da rainha. Aquilo não estava certo; ainda não era noite. Eu ainda nem estava sonhando. Forcei o ar para dentro dos pulmões.

— Steven.

Troquei a frequência da babá eletrônica. Ouviu-se um pouco de estática, e depois:

— Chegou a hora, Steven. Abra a janela do quarto do bebê e remova a tela mosquiteiro.

— Não.

Eu não sabia se ela conseguia me ouvir pelo transmissor da babá eletrônica, mas ela disse:

— Fizemos um trato, e você concordou com ele, Steve.

— Mas eu mudei de ideia. Já lhe falei isso! Quantas vezes preciso repetir?

— Steven, eu preciso insistir que você abra a janela. O bebê está pronto. Você não gostaria que ele se machucasse.

Théo. Agarrei a babá eletrônica e subi as escadas correndo até o quarto do bebê.

— Bom garoto — disse a rainha pela babá eletrônica. — Tudo vai dar certo, você vai ver. E nós podemos ajudar você também, assim como prometi. Você vai ficar muito melhor. Chega de listas, orações, medos e de lavar as mãos o tempo todo.

Théo dormia placidamente no berço. Eu me aproximei da janela, ergui a persiana... e com um susto a soltei. Através do vidro, via-se um enxame de vespas de cor pálida, tão espesso quanto neblina. Eu podia ouvir o farfalhar abafado das asas batendo.

— Steven, tudo o que você precisa fazer é abrir a janela. Estamos prontas para entregar o bebê.

Mas eu não estava pronto. Meus pensamentos eram como cacos de vidro afiados e inúteis. Respirei fundo uma vez, e depois outra.

Saí correndo. Fui a todos os quartos no andar de cima e chequei se as janelas estavam trancadas. Depois, corri para o andar de baixo e fiz o mesmo. Havia uma semana que não desligávamos o ar-condicionado; então, as janelas já estavam fechadas. Mesmo assim, apertei mais ainda todas as trancas que encontrei.

Corri de volta para o quarto do bebê para checar como estava Théo. Ele ainda dormia um sono profundo. Do lado de fora da janela, ouvi o som de um arranhão. Abrindo uma fresta na persiana, notei que o peitoril e a esquadria da janela estavam tomados por vespas cujas mandíbulas roíam a madeira. Estavam raspando-a lasca por lasca, e eram muito metódicas. Uma delas arrancava uma lasca e abria espaço para que a vespa seguinte tomasse o posto e retirasse outra lasca do mesmo lugar, tornando o buraco mais largo e profundo.

— Nós podemos roer a madeira e entrar na sua casa, Steven — disse a voz da rainha, que saía da babá eletrônica.

— Vocês vão levar tempo demais para fazer isso — falei. Elas teriam de atravessar toda a madeira e, depois, ainda teriam de passar pela tela mosquiteiro.

— Mas nós somos muitas.

Corri para meu quarto e vesti uma calça jeans e as meias mais grossas que tinha. Apertei bem o cadarço dos meus tênis de cano alto. Vesti um moletom com capuz. Depois de pegar minha mochila, corri para o porão. Meus olhos bateram direto na prateleira bagun-

O vespeiro

çada e empoeirada em que guardávamos velhas latas de tinta, produtos de limpeza e outros trastes. Peguei duas latas de inseticida e um mata-moscas. Entre caixas de papelão úmidas e recipientes de plástico, encontrei um par de óculos de natação, luvas de jardinagem com estampa floral e dois rolos de fita isolante, e joguei tudo na mochila. Peguei a caneta de adrenalina que estava no armário de remédios do primeiro andar e também coloquei na mochila. Joguei a mochila nas costas e deixei-a bem ajustada ao corpo.

Por cada janela que eu passava podia ver o padrão rendilhado formado pelo enxame de vespas. Se me detivesse por algum tempo em frente a uma janela, o enxame aumentava e se transformava numa massa escura tal uma nuvem negra. Como podia haver tantas delas? Será que me seguiam de janela em janela, ou havia mesmo milhões de vespas envolvendo toda a casa?

Fiquei imaginando se eu conseguiria enrolar o bebê num cobertor, sair correndo de casa e ser abrigado por algum dos vizinhos. Será que as vespas me seguiriam? Espiei pela janela estreita que havia do lado da porta da frente. Elas já estavam lá. No momento em que a porta fosse aberta, partiriam para cima da gente. Elas picariam a mim e ao bebê sem parar e o levariam ao vespeiro para devorá-lo.

Avaliei a situação da porta dos fundos. Era a mesma.

Corri para o quarto do bebê no andar de cima. Do lado de fora da janela se ouvia o *rói-rói* das vespas atravessando a madeira.

A descarga de pânico a que eu já estava acostumado atravessou meu corpo. Eu não conseguia pensar com clareza. Alguém de fora veria tudo aquilo, não? Alguém veria aquele enxame de vespas e chamaria a polícia ou algo do gênero. Talvez os corpos delas fossem de uma cor tão desbotada que era impossível enxergá-las da calçada ou de dentro de um carro passando na rua.

Peguei o telefone do corredor e disquei para a emergência. Fui atendido por uma gravação eletrônica que me listou uma porção de opções. Ambulância? Polícia? Bombeiros? Escolhi chamar os bombeiros, e tive de esperar na linha. Quando a telefonista atendeu, me atrapalhei para explicar a situação.

— Tem vespas do lado de fora da minha casa, muitas delas, e estão tentando entrar.

O vespeiro

— Você está dizendo que há um vespeiro do lado de fora da sua casa?

— Milhares delas, e estão formando enxames em volta das janelas e tentando entrar. Temos um bebê, e...

A cada palavra que dizia me dava conta de como aquela história soava uma loucura.

— Senhor, este número é somente para emergências. Parece que o senhor deve chamar um dedetizador.

— Você não está entendendo... — E a linha ficou muda. Primeiro, achei que a telefonista tinha desligado na minha cara. Mas, quando tentei repetir a chamada, o telefone não deu linha. As vespas haviam roído os fios do telefone.

Voltei ao quarto do bebê para conferir se ele estava bem, e ali ainda se ouvia o *rói-rói* das vespas. Depois, corri para o meu quarto e peguei meu celular. Ele estava sem bateria. Comecei a jogar coisas para o alto para tentar achar o carregador — então a vi, uma única vespa pousada na parede.

Com calma, sentei na cama e comecei a observá-la. Era apenas uma vespa. Mas como tinha conseguido entrar? Vagarosamente, tirei a alça da mochila do ombro direito e a abri o bastante para remover o mata-moscas. A vespa não estava pousada numa altura muito elevada. Caminhei rapidamente em sua direção e dei-lhe uma baita golpeada. Com três, quatro esmagadas, ela caiu. Pisei forte nela com o calcanhar e ouvi seu corpo estalando.

Quando corri para fora do quarto, vi outras três vespas no ar-condicionado do corredor. Era assim que estavam entrando. De algum modo, elas estavam conseguindo passar pelas ventoinhas do aparelho sem serem despedaçadas, subir a mangueira e sair pelas frestas do painel dianteiro. Peguei o inseticida e borrifei-o sobre elas. Cobertas de espuma branca, as vespas caíram da parede, e tive a chance de esmagá-las.

Desliguei o ar-condicionado, e as frestas automaticamente se fecharam, mas duas vespas conseguiram passar antes disso. Esmaguei-as e, depois, cobri as frestas do aparelho com fita isolante. Aquilo era bom. Estávamos mais seguros agora. Estávamos quase fechados a vácuo.

O *rói-rói-róóói* insistente das vespas no quarto do bebê soava mais alto. Ainda não tinham conseguido entrar,

O vespeiro

porém; não havia vespas nas paredes ou no teto. Corri para o andar de baixo até o roupeiro, onde encontrei o carregador de pano do bebê. Subi de volta com pressa, tentando amarrá-lo ao corpo. Foi complicado, e demorei a entender como funcionavam as amarras, e a mochila nas minhas costas não ajudou em nada.

Cuidadosamente, retirei Théo do berço e o coloquei no carregador contra o peito. Tive dificuldades em passar as pernas e braços moles pelos buracos certos. Ele ameaçou acordar e começou a murmurar, mas o acalmei, fiquei na ponta dos pés e embalei-o levemente. Murmurei algumas das cantigas de ninar que Mamãe costumava cantar para mim. Ele voltou a dormir, e sua boquinha molhada ficou aberta, como se ele estivesse esperando por comida.

Apertei as amarras e o apoio de pescoço para que a cabeça dele ficasse bem encaixada, sem balançar. Ele precisava estar comigo agora. Não podia mais deixá-lo sozinho, nem por um segundo.

Com o ar-condicionado desligado, a casa começou a esquentar. Mas eu gostava de sentir o peso de Théo contra mim, o calor do seu corpo. Aquilo fazia com que eu me sentisse menos só. Ele fazia parte de mim, e de algum modo comecei a me sentir mais forte. Vanessa logo estaria de volta, ou meus pais, e eles veriam as vespas formando enxames do lado de fora da casa, e buscariam ajuda.

Rói-rói, rói-rói, rói-rói, róóóói-róóóóóói.

Abri a persiana. Meu estômago se revirou. Do lado de fora, as vespas se amontoavam contra o vidro e a esquadria de madeira da janela, formando três ou quatro camadas. Aquilo parecia o caos, mas rapidamente pude ver como elas estavam trabalhando intensamente. Em alguns pontos, haviam roído tão profundamente a madeira que só era possível ver a parte traseira dos seus corpos.

— Steven — falou a rainha por meio da babá eletrônica, e eu levei um susto, pois tinha me esquecido dela.

— Isso tudo é um grande inconveniente para nós. E uma infelicidade. Podemos parar com tudo isso se você decidir ser razoável.

Com o bebê contra o peito e a mochila nas costas, desci para verificar as janelas do andar de baixo outra vez. Nada havia mudado: segundos depois que apareci

O vespeiro

na janela, um enxame negro de vespas começou a girar, esperando.

Continuei a verificação pela casa, e em alerta meus olhos examinaram cuidadosamente as paredes e o teto. Quando voltei ao corredor do segundo andar, congelei. Havia quatro, cinco, seis vespas pousadas no teto, imóveis. Do quarto de hóspedes surgiu a sétima, que se arrastou pelo topo da porta até se juntar às outras.

Devia haver um buraco em algum lugar, alguma maneira de conseguirem entrar. Mas onde? As janelas estavam todas trancadas. Como, então?

As vespas estavam pousadas numa altura que eu não conseguia alcançar com o mata-moscas; então, levei a mão até a pequena abertura que havia feito na mochila e tirei dali o inseticida. Apontei a lata para o alto e soltei o veneno sobre elas. As vespas nem tentaram fugir. Eram apenas operárias imbecis. Depois que as esmaguei só por segurança e ouvi seus corpos estalarem, me dei conta de que estava gastando muito inseticida. Havia milhares de vespas, e eu só tinha duas latas de veneno.

Tentei lutar contra o pânico, repetindo para mim mesmo algumas frases.

Tenha mais cuidado.

Use o mata-moscas sempre que puder.

Use o inseticida só em último caso.

Elas estavam entrando pelo quarto de hóspedes. Entrei nele com cuidado e vi mais uma vespa saindo do closet. Consegui esmagá-la com o mata-moscas. Abri a porta do closet completamente e dei alguns passos para dentro. Puxei a correntinha presa à lâmpada e acendi a luz. Por todos os lados do closet havia fileiras de roupas e, embaixo delas, caixas com trajes de inverno. No centro do teto estava uma portinhola. Nunca pensei nesse pedaço da casa como um sótão. Na verdade, não passava de um buraco pequeno em que só dava para se arrastar. Alguns anos antes, contratamos uns caras para subir até lá e isolar as paredes contra o frio.

Fiquei parado por algum tempo. Não conseguia ouvir nada, mas não gostei da cara daquela portinhola. Ela não parecia bem fechada. As vespas deviam estar passando pelos vãos. No chão, perto dos sapatos, havia um escabelo de plástico, mas não era alto o bastante para que eu alcançasse a portinhola. Saí do closet e depois voltei trazendo uma cadeira. Tirei a fita isolante da mochila.

O vespeiro

De pé na cadeira, tapei com a fita um dos lados da portinhola, que balançou quando encostei nela. Realmente, não estava bem fechada. Enquanto tapava o outro lado com a fita, apertei com tanta força que a portinhola se abriu um pouco e se entortou, o que tornou impossível encaixá-la de volta no lugar. Alcancei a portinhola com os dedos e, com pressa, tentei desentortá-la, mas era muito difícil, especialmente por causa do bebê, da minha mochila e de meu coração acelerado.

Para conseguir pegá-la direito, precisei empurrá-la ainda mais, o que fez com que a luz forte da lâmpada nua adentrasse aquele espaço estreito. Vi de relance as vigas escuras do telhado, pedaços de papel e a espuma isolante que cobria o chão; do lado direito, percebi algo tão estranho que demorei alguns segundos para entender do que se tratava.

Era como uma montanha cinza de excrementos de animais. Ela se erguia do chão de madeira e formava uma série de picos desalinhados que se fundiam com as vigas. Havia vespas de cor pálida por toda a extensão daquela superfície morta de papel do enorme vespeiro. Milhares delas, imóveis, mudas. Pulei para trás tão rápido que quase caí da cadeira. Esbarrei na lâmpada, que balançou freneticamente, lançando luz e escuridão sobre o sótão, luz e escuridão, e foi aí que o som começou: um zumbido terrível, um barulho tão alto e raivoso que quase varreu meus pensamentos.

Correr. Era tudo o que eu queria fazer. Mas tentei encaixar a portinhola uma última vez. Aquilo não estava certo, ela não fechava direito, mas eu colava pedaços de fita isolante por todos os lados; rasgava-os com os dentes e grudava os retalhos na portinhola e no teto, na tentativa de vedar qualquer saída.

Aquilo não era o suficiente. As vespas começaram a passar pelos vãos, e tive medo por mim e por Théo. Pulei da cadeira, protegendo a cabeça dele com uma das mãos, e deixei cair a fita isolante. Não havia tempo de pegá-la, pois as vespas já se enxameavam; então, simplesmente saí do closet e tranquei-o. Arrastei o cobertor para fora da cama e enfiei-o no vão entre o chão e a porta. Eu já conseguia ver as vespas que se arrastavam pelas brechas de cima e laterais.

O vespeiro

No corredor, fechei o quarto de hóspedes e removi a mochila das costas. Retirei dela o último rolo de fita isolante.

— Você realmente achou que havia só um vespeiro? — perguntou a rainha alto e bom som por meio da babá eletrônica no quarto do bebê. — Onde você acha que nasceram todas as minhas operárias? É preciso muitas delas para construir um vespeiro e alimentar um bebê, ainda mais um bebê tão grande assim.

Eu já estava tentando colar um pedaço de fita ao longo da parte de baixo da porta, mas ela não aderia direito ao carpete. Senti um enjoo ao pensar na forma e no tamanho daquele vespeiro, que era como se algo tivesse saído de uma máquina de sorvetes maligna; montanhas e montanhas de gosma que haviam se solidificado no chão e não paravam de produzir larvas, pupas e vespas.

Da babá eletrônica saiu o som de um bebê gemendo e chorando, querendo nascer.

— Vai ficar tudo bem — falei, tocando a cabeça adormecida de Théo.

Comecei a colar fita isolante no lado esquerdo da porta, mas só consegui chegar à metade, pois um pequeno enxame de vespas saiu pelas frestas e voou em minha direção. Caí para trás. Com a mão que eu tinha livre, agarrei a lata de inseticida e mandei ver. Borrifei veneno em todas elas com intensidade e por bastante tempo, até que caíram no chão, como se estivessem cobertas por cimento.

Com pressa, coloquei os óculos de natação e apertei bem o capuz em volta da cabeça. Certifiquei-me de que as barras da calça jeans estavam sobre o cano alto do tênis. As luvas de jardinagem impediam um pouco o movimento dos meus dedos, mas mesmo assim consegui usar o spray.

— Desculpa, Théo — falei, depois de borrifar uma segunda leva de vespas. Sentia-me mal por obrigá-lo a respirar aquele veneno, mas eu não tinha escolha. Não me atreveria a deixá-lo em nenhum lugar que estivesse fora do meu campo de visão.

Do quarto de Nicole, ouvi o telefone tocar, mas achei que fosse só minha imaginação. A linha telefônica estava muda porque as vespas a tinham roído. Porém, quando ele voltou a tocar, tive certeza de que nunca havia escutado aquele som em casa antes. Era mais estridente, como o som daqueles despertadores antigos com um badalo que bate em dois sinos. Era o telefone de brinquedo de Nicole.

Triiiiiiiiiiiiiim-triiiiiiiiiim! Triiiiiiiiiiiiiim-triiiiiiiiiiiiiiim!

Senti uma vontade incontrolável de atender ao chamado, mas tive medo, pois achava que, se eu saísse daquela porta, muitas vespas iriam atravessá-la e voar para cima de mim. Continuei a borrifar inseticida nelas, mas não estava adiantando muito. Agora havia vespas demais, e mais delas estavam vindo. O spray da lata começou a falhar. Do outro lado da porta do quarto de hóspedes, o zumbido só aumentava, como o som que as cigarras emitem ao final do verão antes de morrer: um barulho de alta voltagem, calor e morte.

Triiiiiiiiiiiiiim-triiiiiiiiiim! Triiiiiiiiiiiiiim-triiiiiiiiiiiiiiim!

— Não atenda ao telefone, Steven — disse a rainha pela babá eletrônica.

Aquilo era tudo o que eu precisava ouvir. Borrifei o inseticida pela última vez, joguei a lata vazia no chão e chispei para o quarto de Nicole. Vi o telefone de plástico e tirei-o do gancho.

— A faca — disse a voz rouca e áspera.

— A faca?

— Use-a — ordenou a voz rascante e metálica.

— Como uma faca vai ser útil? — gritei.

— Segura as pontas.

— Epa, espere um pouco! — falei, mas não havia mais ninguém do outro lado.

Não importava. Sabia exatamente a que ele se referia, e já estava correndo para o quarto dos meus pais. Escancarei a gaveta, arranquei de lá a lista telefônica e agarrei a faca. Minha pegada era boa.

Quando me virei, havia uma nuvem de vespas diante de mim. Por instinto, avancei contra elas com a faca em punho, cortando o ar com vários golpes, sem saber se aquilo ia servir para alguma coisa, até que vi os corpos decepados das vespas caindo como chuva aos meus pés. A faca havia sido feita especialmente para minha mão. Era como uma segadeira incrivelmente afiada, e girei-a para a esquerda e para a direita, acutilando em zigue-zague até que não houvesse mais nenhuma vespa no ar à frente. Estava arfando e suando, e me sentindo triunfante.

O vespeiro

— Vamos lá, podem vir! — gritei. — Há! Estão vendo? Podem vir!

Com a mão livre, alcancei a última lata de inseticida que estava na mochila. Tirei a tampa e depois pavoneei pelo corredor com a faca em riste em direção ao cômodo de hóspedes, onde outra leva de vespas estava se reunindo; então, parei.

Do quarto do Théo, no final do corredor, ouviu-se um barulho de chocalho. De onde eu estava, tinha uma visão clara da janela e pude ver como a persiana fechada se avultava, como se fosse empurrada pelo vento, e depois se batia contra a tela mosquiteiro. Com um estalo, a persiana começou a se soltar, como se alguém do lado de fora tivesse lhe dado um coice. A tela mosquiteiro tombou, e as vespas entraram. Como uma torrente cinza, elas começaram a rodear as bordas da persiana e depois conseguiram atravessá-la, despedaçando-a com as mandíbulas.

Eu sabia que, mesmo com a faca, não conseguiria me livrar de todas aquelas vespas, que agora me atacavam em duas direções. Corri para o banheiro dos meus pais, bati e tranquei a porta. Deixei a faca na pia e par-

ti para o trabalho. Ao longo da parte inferior da porta, a fita isolante aderiu bem mais facilmente aos azulejos do chão do banheiro que no carpete do corredor.

Passei então a colar a fita no lado esquerdo da porta. Pronto. Ótimo. Lado direito. Pronto. Fui para a parte de cima. Foi mais difícil, pois não havia nada no banheiro em que eu pudesse subir para alcançar direito. Mas consegui. Havia passado uma camada de fita isolante por todos os lados da porta, e nada conseguira atravessá-la ainda. Não parei. Cobri o batente com uma segunda camada de fita, e, depois, uma terceira. Ótimo. Nada havia acontecido ainda. Prendi a respiração por um momento, e tudo o que escutei do outro lado da porta foi o silêncio.

— Eu e você vamos ficar bem — falei para Théo.

Olhei em volta do banheiro e vi o exaustor. De pé na privada, passei três camadas de fita isolante sobre sua abertura. Agora eu estava suando bastante, e conseguia sentir pequenos rios que corriam pelos meus flancos a partir das axilas. Meu coração pegava fogo, o que aumentava ainda mais o calor que fazia no banheiro.

O vespeiro

Havia venezianas brancas sobre a janela do banheiro, e, quando abri um buraco entre duas lâminas, parecia que do outro lado só havia neblina. Uma parede de vespas se formava do lado de fora, e mal dava para enxergar as árvores e telhados através dos seus corpos translúcidos. Comecei a colar fita isolante em volta da esquadria e por toda a superfície da tela mosquiteiro, até que ela ficasse completamente coberta.

Agora já me sentia cansado e sentei na borda da banheira. Comecei a fazer cafuné no bebê e a emitir sons tranquilizantes, apesar de ele ainda estar em sono profundo. Como dormia bem nosso Théo. Abri a mochila e dispus no chão ao meu alcance todo o equipamento que trazia dentro dela. A lata de inseticida que sobrava. O mata-moscas. O último rolo de fita isolante, que já estava acabando. Desejei ter trazido comigo algumas barras de cereal. Minhas mãos tremiam. Fui até a pia e peguei a faca. Só o fato de segurá-la já me reconfortava.

Bebi um pouco de água da pia. Passei fita isolante sobre o ralo do banheiro, só por desencargo. Fiquei vigiando a parte de baixo da porta para me certificar de que ninguém tentava atravessá-la. Agora só me restava esperar. Esperar que alguém voltasse para casa, ou pelo menos que alguém visse a casa coberta de vespas e ligasse para pedir ajuda. Seria a polícia? A ambulância? Os bombeiros, para que lancem água sobre a casa com uma mangueira? Mas quem seria capaz de impedir essas vespas? Esse pensamento fez meu coração bater ainda mais rápido. Quem conseguiria espantá-las a tempo?

Os sons de arranhão se espalhavam por toda a porta. Colei mais fita isolante. Tinha esperanças de que ela as deteria um pouco. As pernas das vespas certamente ficariam grudadas na parte da fita que tem cola, o que dificultaria o seu trabalho de rasgá-la com as mandíbulas. Será que não?

Um cheiro particular começou a encher a casa, e não era o fedor do meu corpo, ou o bebê precisando trocar a fralda. Era um odor que eu reconhecia dos meus sonhos no vespeiro. Um feromônio. Um cheiro de vespas que a rainha devia usar para se comunicar com todas as operárias. Fiquei imaginando se ela já estava dentro de casa, comandando seu exército com a substância.

O vespeiro

Deixei a caneta de adrenalina na borda da pia. O médico me havia ensinado a usá-la. Bastava espetá-la na coxa nua, mas, na hora do aperto, qualquer parte da pele servia. Fiquei imaginando para quantas picadas de vespa haveria doses de remédio na caneta.

Ouvi um barulho saindo do exaustor. Passei nele outra camada de fita. De pé na privada, podia ver como ela ficava enrugada com o peso dos corpos pequenos e musculosos das vespas — então, um pequeno par de mandíbulas conseguiu perfurar as camadas de fita. Tapei o buraco rapidamente.

Do lado de fora da janela, o som se tornou uma espécie de rugido frenético. Era a madeira sendo roída. Tentei descobrir em que ponto o barulho era mais alto e colei sobre ele o último pedaço de fita. O rolo havia acabado.

— Não se preocupe — falei ao bebê. — Vamos ficar bem.

Com as costas contra a parede, fiquei de pé com a faca em uma das mãos e a lata de inseticida na outra.

Esperei. Coloquei uma toalha sobre a cabeça do bebê e ajeitei-a de forma que não cobrisse seu nariz e sua boca, para que pudesse respirar sem dificuldades.

Vi a fita atravessada na parte de baixo da porta começar a se mover, e uma cabeça saiu por um buraquinho, e, depois, outra. Chutei na direção delas até que um número muito grande de insetos conseguiu passar. Dei um passo para trás e ajustei minha pegada na faca.

Decepei-as à medida que se aproximavam, e a faca era incrivelmente afiada: cortava o ar e as vespas ao mesmo tempo. Porém, pude logo perceber que a situação dessa vez era diferente. Havia um número muito maior delas, e elas tentavam atravessar a porta com mais força agora.

Borrifei uma camada grossa de inseticida e caí para trás, e depois voltei a acutilar em todas as direções, ceifando-as. Agora, elas vinham como uma torrente cinza e espessa a partir do exaustor também. Borrifei mais spray. Elas avançavam contra mim em grandes levas, e despejei inseticida até o ar virar uma neblina e eu começar a tossir e a ter ânsias de vômito. Tive medo de que o bebê sufocasse.

A tela mosquiteiro tombou, e as vespas começaram a atravessar a janela. Me entoquei em um dos cantos do banheiro. Apesar da quantidade de inseticida no ar, elas continuavam a avançar, e já não havia nada na lata.

Desferi golpes com a faca para trás e para a frente, mas agora havia vespas demais.

As vespas estavam pousadas em minha roupa e sobre as lentes dos óculos de natação. Meu capuz estava bem apertado em volta da cabeça, mas podia senti-las sobre o tecido, tentando atravessá-lo. Esmaguei-as contra meu corpo e espantei-as para longe do bebê, que agora estava acordado, pois tive de esmagar algumas vespas que haviam pousado em sua cabecinha.

Senti a primeira ferroada no tornozelo. Elas já estavam sob minha calça jeans. Senti outra ferroada na têmpora. Haviam atravessado o capuz. Continuei a decepá-las com a faca, tentando mantê-las longe de mim e do bebê. Não adiantou nada. Uma dor atravessou meu pulso e minha mão direitos; tão intensa que deixei cair a faca. Vi a faca tombar, e depois a perdi de vista, pois ficou coberta de vespas.

Outra ferroada. Dessa vez, estavam tentando me matar. Elas não precisavam mais de mim. Só precisavam do bebê. Meu olho esquerdo fechou devido ao incha-

ço. Senti outra ferroada em minha bochecha. Debru-
cei-me sobre a pia, peguei a caneta de adrenalina e tirei
uma das luvas. No intervalo de tempo que levei para
me espetar na parte mole do pulso, devo ter recebido
outras seis ferroadas.

Meu coração disparou, como se panelas batessem
dentro do meu peito. Eu pisoteava as vespas e golpeava
as costas contra a parede para tentar esmagá-las. Des-
truía-as com meus punhos inchados. Dançava a dança
insana da morte entre a neblina. Se pelo menos eu
conseguisse encontrar a faca...

Não conseguia recuperar o fôlego. Meu rosto estava
inchado. Quase não conseguia enxergar através dos
óculos de natação. Mais e mais ferroadas.

A situação realmente não era boa para mim. Estava
todo ferroado e quebrado, e havia vespas demais. Cambaleei para dentro da banheira e fechei a cortina, como
se aquilo fosse servir para alguma coisa, como se aquilo
fosse capaz de detê-las por um segundo sequer. Encolhi-me dentro da banheira e cobri o bebê com meu
corpo. Tentei deixá-lo a salvo e bem fechado sob mim,
e mantive os braços e pernas dobrados com força para

O vespeiro

que nada pudesse alcançá-lo. Era como se ele estivesse debaixo do cobertor na cama, e o chão se abrisse, então ele escorregaria para dentro, o chão se fecharia sobre ele e nada poderia alcançá-lo. Ele estava a salvo.

Senti as vespas por todo o corpo, pelas minhas costas e pescoço. Elas estavam conseguindo encontrar maneiras de entrar. Tudo o que fiz foi manter meu corpo retesado e duro como o casco de uma tartaruga sobre o bebê.

Pensei ter ouvido um barulho que vinha de fora do banheiro; não era um zumbido ou a madeira sendo roída: era a badalada de um sino. Depois, escutei outro som horrível, e me dei conta de que tratava-se de eu mesmo tentando respirar: era como tentar sugar o ar por um canudo.

Então, meu coração começou a inchar como um balão de trevas.

A CORDEI DEVAGAR, E ESTAVA RODEADO POR paredes macias próximas umas das outras e por um teto baixo. Era como se tivessem me embrulhado na cama com o edredom sobre minha cabeça. Expirei e me senti quente e seguro. Eu ainda estava com o corpo todo dobrado, com minhas pernas e braços sob o corpo, minha cabeça abaixada. Era como um bebê no ventre.

O bebê.

Dei-me conta de que Théo não estava comigo. Tateei ao redor para tentar encontrá-lo. Eu estava mais desperto agora. Consegui me virar e ficar com as costas para o chão. Quase não havia espaço para fazer a manobra, pois as paredes eram muito próximas, e o teto, muito baixo. As paredes moles pareciam maleáveis, mas, quando tentei cavá-las com as unhas, percebi que eram surpreendentemente resistentes. O lugar era pouco iluminado, só a mais cinza das luzes o penetrava, e, quando olhei para os pés, vi uma abertura hexagonal. Ocupando quase todo o espaço estava a cabeça da rainha.

Uma pasta espessa brilhava em suas mandíbulas à medida que ela aplicava camada após camada, me encerrando dentro daquela cela.

— Ei! — gritei, e tentei dar um chute na parede que ainda estava sendo construída.

Ela rapidamente se virou e espetou o ferrão através do buraco, depositando ali um pouco de veneno. Recuei com rapidez. Ela seguiu com seu trabalho.

— Onde está o bebê? — gritei.

Uma de suas antenas serpenteou cela adentro e tocou meus pés.

— O bebê está bem. Ele está pronto para nascer.

— Estou falando do meu bebê, e não do seu!

O vespeiro

— Será que você não consegue perceber o quão ridícula é toda essa discussão? — disse a rainha, sem parar de trabalhar. — E cansativa também. Você deve estar muito cansado, Steven. Você está lutando uma luta vã. As pessoas mentem e dizem que não fazem questão de ter perfeição. Mas isso é o que elas realmente buscam. Corpos, mentes, poltronas confortáveis, carros, férias, namorados e namoradas, animais de estimação e filhos perfeitos. Acima de tudo filhos. Por que mentimos e dizemos que não queremos a perfeição? Porque tememos que as pessoas nos considerem perversos, superficiais ou cruéis. Mas todos nós desejamos a perfeição. E eu só estou ajudando a realizar esse desejo. Pelo menos eu sou sincera. Comigo não tem mentira, não senhor!

— Me tire daqui!

— Se acalme, respire e pare de resistir. Pare de resistir.

— Não machuque Théo!

— Adoraria poder ajudá-lo. Realmente adoraria. Mas uma série de eventos já começou a se desenrolar. Pessoas disseram sim. Acordos foram feitos. Há procedimentos que devem ser seguidos agora.

— Eu vou te deter! Vou destruir seu vespeiro!

— Puxa vida, isso vai ser difícil, porque você está morto.

Instantaneamente, senti como se meu peito entrasse em colapso, como se fosse feito do mesmo papel que o vespeiro e estivesse se esfarelando por dentro.

— O que você disse?

— Ninguém gosta de ser o portador de notícias ruins. Caramba, você está chateado mesmo. Vamos lá, não sofra tanto. Falando a verdade, quer saber? Você ainda não está exatamente morto. Está inconsciente com certeza, mas ainda consigo escutar seu pulso. O tamborilar de pequenas batidas. Bastante irregulares. Aposto que você não vai durar muito. Você recebeu muitas ferroadas. Respire, não se esqueça! Respire fundo! Vamos lá.

— Eu não estou morrendo! — berrei, e de repente senti calafrios por todo o corpo. Ainda assim, como um eco que ressoava em meus membros (ou seria apenas uma lembrança?), senti meu coração bater de maneira irregular e quase imperceptível.

Enquanto isso, a rainha continuava a construir a parede, e agora eu só podia ver um pedacinho do seu rosto, seus olhos e suas antenas.

O vespeiro

— Mas você ainda pode nos ser útil, Steven. Não se preocupe. Depois que o bebê estiver terminado, só me restará uma coisa ainda a fazer, na verdade. E você sabe o que é?

— Não — arquejei.

— Tenho de botar um último ovo. Para gerar uma nova rainha.

Ela recolheu as antenas, e pude ver de relance suas mandíbulas mais uma vez antes de o buraco se fechar.

Dei chutes e gritei na direção da parede hexagonal.

— Deixe-me sair! Onde está Théo? Théo!

Porém, a parede não cedeu. Aquelas vespas eram exímias construtoras, e estivesse eu morto ou vivo, o fato é que não tinha forças o bastante para me livrar daquela cela. Talvez eu já estivesse morto, porque me sentia muito cansado, mas de um jeito bom. Era como passar um dia inteiro de verão andando de bicicleta ou fazendo trilhas e depois sentir os músculos pesados e doloridos.

Atrás da minha cabeça, a parede da cela se moveu um pouco. Com uma das mãos, alcancei a parede, dei um empurrão e senti que algo havia se mexido ligeiramente. Em um surto de esperança, virei-me desajeitadamente e fiquei de bruços. Empurrei com ambas as mãos, que atravessaram a parede até a altura dos pulsos e afundaram em uma gosma espessa. Grunhindo de nojo, me afastei da parede e espiei através dos buracos. O que minhas mãos haviam perfurado não era uma parede, mas uma enorme bolsa. Gosma escorria dela. E dentro da gosma havia algo branco e disforme, tão grande quanto eu. A coisa tinha dois pontos pretos, que eram olhos que estavam fixados em mim; embaixo dos olhos havia um buraco enorme e rodeado de dentes que servia de boca.

Gritei e me afastei, mas não havia para onde ir. A cela era pequena demais. Chutei a parede recém-terminada da rainha, mas ela não cedeu. Ela me havia encerrado ali com seu último ovo, que agora havia eclodido, e eu seria a primeira refeição da larva.

Devagar, a coisa serpenteou para fora da bolsa em que estava e começou a mover o corpo pastoso como gororoba em minha direção. Dei-lhe um soco na cara, e a princípio a larva recuou, mas logo voltou a vir em minha direção com a enorme boca escancarada e faminta por sua comida.

O vespeiro

Ouvi o barulho de algo se rasgando atrás de mim. Virei a cabeça e vi uma coisa afiada atravessar a parede hexagonal, abrindo um buraco de uma ponta a outra. Senti que algo empurrava minha cabeça, e gritei. Virei-me de volta e tive um sobressalto ao notar o rosto macio da larva pressionado contra o meu. Ela tentava encaixar a boca em volta do meu crânio. Encolhi-me ainda mais, o menor que podia, e depois voltei a ouvir o som de algo se rasgando, dessa vez perto dos pés.

Dois cortes diagonais na parede formaram um xis. Um vulto entrou pelo centro da cela e começou a derrubar as paredes pedaço por pedaço.

— Socorro! — gritei para o que quer que estivesse tentando entrar ali.

Senti os dentes serrados da larva testando a melhor maneira de agarrar minha cabeça. Berrei e a atingi com os punhos, mas aquela coisa era burra e implacável. Algo agarrou meus tornozelos e me puxou. Fui arrastado para longe da larva e de sua boca, arrastado para fora da cela. Engatinhei até que conseguisse ficar de pé e me virei.

O vulto de todos os meus pesadelos me encarava.
Era a coisa para a qual eu nunca olhava, a coisa que ficava parada esperando ao pé da minha cama. Mas agora ela estava bem diante de mim, e era impossível des-
viar o olhar. Minha garganta parecia ter sido fechada a
solda. Não conseguia respirar ou emitir qualquer som.

O vulto não possuía um rosto propriamente dito. O
que ele tinha era um vestígio de rosto, como os rabis-
cos de uma criança dentro de um círculo. O restante
do vulto não parecia ter braços ou pernas, mas em uma
das dobras sombrias do seu corpo pude ver o brilho da
minha faca.

O vulto deu passos largos em minha direção, e fiquei
tenso, esperando que a mais afiada das facas fosse atravessar meu corpo. Encolhi-me quando percebi que a
faca se erguia, mas de repente ela parou e pareceu flutuar no ar. Em volta do cabo pude enxergar algo que
lembrava uma mão. Uma mão com apenas quatro dedos estranhamente separados, como um alicate.

— O homem da faca — falei.

— O Sr. Ninguém — respondeu ele. — Pegue-a.

Grato, voltei a segurar a faca em minhas mãos.

— Temos de ser rápidos — falou ele.

Ele tomou meu braço e me puxou. Tive de correr para poder acompanhá-lo. Dei-me conta de que não estávamos no vespeiro da rainha que ficava do lado de fora da casa, o vespeiro em que estava o bebê. O lugar em que estávamos era enorme, como uma catedral altíssima com fileiras e mais fileiras de celas vazias. Estávamos no vespeiro gigantesco do sótão.

— Onde estão todas elas? — indaguei. — As vespas?

— Se aprontando para carregar o bebê delas para dentro da casa. E para remover o seu.

Nós corríamos por plataformas finas e saltávamos os pequenos cânions formados por celas vazias. Não sabia para onde íamos.

— Mas... onde estou... onde está meu corpo realmente?

— Na banheira, inconsciente e prestes a morrer.

— Mas eu ainda não morri. — Aquilo era tanto uma exigência quanto uma pergunta.

— Você ainda está vivo.

Corremos pelo labirinto que era o vespeiro. O homem da faca parecia saber para onde estava indo.

O vespeiro

— Mas como você está aqui? — perguntei. — Você está...

— Vivo? Não. Geralmente eu moro nos sonhos das pessoas. Tenho de escolher quem poderá me ver. Agora, se apresse.

Lembrei-me dele no nosso jardim, o homem da faca com sua lâmina amedrontadora, mas nosso vizinho não o tinha visto. Nenhum dos vizinhos viu. Somente nós. De repente, tive um pensamento perturbador.

— Não era você ao pé da minha cama todos esses anos? — perguntei.

— Não, aquilo era só sua imaginação.

— Ah. Que bom.

— Eu só apareço para avisar as pessoas, quando posso.

— Sobre as vespas?

Agora que ele estava correndo, conseguia distinguir melhor sua forma, seus ombros, braços e pernas.

— Sim.

— Mas quem é você realmente?

— Eu sou só o Sr. Ninguém. Fui substituído.

Cambaleei atônito, ainda tentando segui-lo.

— Então... isso aconteceu com você?

— Há muitos anos.

De repente, uma vespa avançou em nossa direção. Ergui a faca e cortei a criatura em metades que se retorceram.

— Eu não estou vivo — disse o Sr. Ninguém. — Vivi apenas brevemente. As vespas podem me dissipar e não posso lutar contra elas. Posso apenas lhe dar a faca. E te mostrar o caminho.

— O caminho para fora de tudo isso?

Havíamos alcançado a parede externa do enorme vespeiro, e eu podia ver um túnel estreito e iluminado escavado nas ripas do telhado da nossa casa. De repente, me dei conta de onde estávamos.

— Esse túnel leva ao outro vespeiro, não é?

— Sim.

— O que precisamos fazer agora?

— O vespeiro não pode funcionar sem a rainha.

— E o que será de Théo?

— Para salvá-lo você terá de matar a rainha.

— Eu?

— Tem de ser você. Eu não sou nada.

Ele engatinhava pelo túnel, e eu o segui. Chegamos a uma plataforma estreita. Era o lugar com que eu tanto me havia familiarizado em todas as minhas visitas

O vespeiro

noturnas. A luz entrava pelo buraco estreito que havia no fundo. Dependurado por um cabo e de cabeça para baixo estava o bebê, piscando e chorando. No topo do vespeiro, um pequeno grupo de vespas roía o cabo freneticamente. Retesada devido ao peso do bebê, a amarra começava a se desfazer.

Sob ele havia um vasto enxame de vespas, denso como uma nuvem carregada de trovões. As vespas se reuniam naquele amontoado, e suas asas batiam para aguentar o peso do bebê.

De repente, a rainha estava voando diante de nós com o ferrão apontado para o alto. Suas longas antenas serpentearam e tocaram a mim e ao Sr. Ninguém.

— Ah, lá vem você de novo — disse a rainha com desdém ao Sr. Ninguém. — Francamente, tem gente que sabe mesmo guardar rancor. Garotas! Uma passadinha aqui, por favor!

As vespas atravessaram o vespeiro e imediatamente cobriram o Sr. Ninguém.

— Parem com isso! — berrei. — Parem!

Com minha faca, desferi um golpe contra elas. Corpos tombaram para todos os lados, mas havia muitas vespas, milhares de pontinhos de luz fraca, e me lembrei daquele sonho, aquele que tive na primeira noite em que as vi, quando pensei que eram anjos. Houvera um vulto escuro no começo do sonho, e por isso pensei se tratar de um pesadelo, mas na verdade aquele era o Sr. Ninguém, tentando me avisar. As vespas haviam dado cabo dele, da mesma maneira como o faziam agora, até que sua sombra desaparecesse por completo. De repente, o enxame furioso se dissipou, como se elas tivessem sido instruídas a agir assim.

Só restou a rainha, que voava diante de mim com sua antena tocando o topo da minha cabeça e o resto do corpo fora do meu alcance. Desferi golpes contra a antena, e a rainha desviou de todos com destreza, erguendo-a cada vez mais alto, só voltando a abaixá-la para falar comigo.

— Ora, solte logo essa faca — disse a rainha. — Deixe de ser bobo. Olhe só, vamos apenas carregar o bebê para dentro da casa agora.

Era impossível não olhar. O buraco no fundo do vespeiro estava se dilatando, permitindo que mais vespas entrassem e pousassem sobre a cabeça, os ombros e os braços do bebê. Elas o carregariam para fora do vespeiro, passariam através da janela, e o depositariam no berço vazio.

— Não há nada que você possa fazer — disse a rainha. — Você está morrendo, Steven. Dentro de alguns segundos, será apenas outro Sr. Ninguém!

— Eu ainda não morri — sussurrei.

A rainha inclinou a cabeça.

— Tem razão, você não está morto.

Com um movimento brusco, ela rodopiou no ar e espetou o seu ferrão em mim. Ele atravessou meu peito, o coração e saiu pelas minhas omoplatas.

— Agora sim — falou a rainha. — Isso deve ser o bastante.

Senti que o veneno entrava no meu corpo e todo o resto me escapava: meu fôlego, meus pensamentos, minha força. Podia sentir um barulho surdo e distante, que progressivamente diminuía de ritmo.

Meu corpo começou a se contorcer, e me dei conta de que era a rainha tentando tirar seu ferrão dele.

— Sai daí! — gritou, irritada. — Pare de bancar o difícil!

Eu não estava fazendo aquilo de propósito. Minhas pernas haviam se dobrado e caí de joelhos, trazendo a rainha para mais perto ainda de mim.

— Vamos, vamos, saia logo!

Cada vez mais fraco e irregular, meu remoto coração parecia me passar uma mensagem final com uma batida: *Vá em frente... e morra... vá... em frente... e e e e e...*

Pensei: *Théo.*

Pensei: *Segura as pontas.*

Com um vagar que pareceu inacreditável, ergui a faca e mergulhei-a nas costas da rainha. Segurei o cabo com força à medida que ela se retorcia e levantava voo, me levando com ela, meu corpo ainda empalado por seu ferrão.

A rainha se retorceu e fez movimentos bruscos, tentando se soltar de mim. Suas asas golpeavam minha cabeça. Continuei me segurando, com uma das mãos na faca, e a outra numa longa pata traseira. Voamos perto do braço do bebê. Não sei de onde tirei forças. Com um movimento violento, me arrastei para um ponto mais alto de suas costas, e senti o ferrão soltar-se com um estalo do abdômen dela. Ele ainda atravessava meu corpo.

O vespeiro

Uma de suas longas antenas fez um movimento para trás, examinando, tentando me encontrar, tentando entender exatamente o que estava acontecendo com o próprio corpo.

— Saia daí! — berrou a rainha.

Agarrei suas antenas, puxei-as em minha direção e amarrei-as, dando várias voltas com elas no meu pulso. Pude sentir o horror e a fúria que emanavam da rainha como uma corrente elétrica através das antenas. Ela desabafou toda a raiva usando a linguagem mais chula que eu já tinha ouvido. Era como se eu a estivesse conhecendo pela primeira vez.

Tirei a faca do seu corpo e voltei a acutilá-la com rapidez e num ponto mais alto. Depois, me arrastei em direção à cabeça.

— Não machuque meu bebê! — implorou a rainha.

— Eu nunca ousaria machucar meu bebê! — gritei, e enterrei a faca em seu pescoço e comecei a cortar e cortar até que sua cabeça se desligou do corpo e tombou. Preso às antenas, caí com ela.

Ouvi mais uma batida forte do meu coração em minha cabeça e depois não senti mais nada à medida que eu despencava pelo vespeiro. Vi as vespas operárias rodopiando caoticamente. Sem uma líder, elas passaram a voar e a dar piruetas para longe do cabo, se afastando de bebê que supostamente deveriam estar carregando.

O bebê começou a cair, assim como eu, que despencava ao lado de seu rosto perfeito, seguindo na direção da luz e do buraco no vespeiro que se dilatava.

OM UM ARQUEJO, ABRI OS OLHOS, E LÁ ESTAVAM vários Senhores Ninguém a minha volta, vultos ameaçadores e poderosos. Um deles mantinha uma gigantesca mão aberta sobre minha cabeça e entoava cânticos, como um xamã que tentava trazer um morto de volta à vida.

— Steven! — Ouvi que alguém gritava. Depois, gritou de novo. — Steve! Steve!

Senti meu coração dar um tranco, e quase fui engolido pela escuridão outra vez. Pisquei, arfei e olhei com terror para todos aqueles vultos. Rostos começavam a se formar agora, assim como seus trajes brilhantes laranja e amarelos, e o vulto mais próximo de mim agora recolhia as mãos enormes, que na verdade eram pás de metal.

Eu estava sem camisa, tremendo.

— Ele já entrou no ritmo — disse alguém.

— Vamos levá-lo ao pronto-socorro — falou outra voz.

— Ai, Steven! — disse uma voz familiar.

— Tragam essa maca para cá!

— Há vespas dentro de casa — grasnei.

— Segurem bem o soro! Vamos movê-lo daqui.

— Está tudo bem — falou alguém para mim. — Já cuidamos disso.

— O bebê — sussurrei. — Théo.

— O bebê está bem. Você salvou a vida dele. O bebê está bem.

Então, devo ter caído no sono de novo, porque, quando acordei, estava em um lugar diferente e me sentia mais calmo. Somente Mamãe e Papai estavam ao meu lado. Mamãe segurava o bebê.

Voltei para casa no dia seguinte. Ainda havia algumas vans de canais de notícias do lado de fora da nossa casa,

O vespeiro

e repórteres tentaram nos abordar à medida que nos dirigimos à porta da frente. Papai lhes negou qualquer entrevista.

Eu sabia o que tinha acontecido. Eles haviam me contado tudo no hospital.

Acabou que a telefonista do serviço de emergência tinha mandado uma patrulha até nossa casa, e dois policiais bateram à porta, mas não viram nada de estranho. Eles estavam prestes a ir embora quando a central de polícia recebeu outra chamada, dessa vez anônima, dizendo que havia um enxame de vespas rondando a casa.

— Foi o homem da faca que ligou para eles? — indaguei.

— Por que o homem da faca? — perguntou Papai.

— É que eu pensei que... Eu ouvi o sino quando estava no banheiro.

Os policiais decidiram checar os fundos da casa de novo e, dessa vez, conseguiram ver um enxame enorme do lado de fora da janela do banheiro. Eles imediatamente chamaram os bombeiros; os policiais disseram que jamais tinham visto algo como aquilo.

Os bombeiros chegaram e estavam colocando os capacetes quando Mamãe voltou para casa. Ela contou para eles que eu e o bebê estávamos dentro de casa, e abriu a porta. Eles me encontraram inconsciente na banheira, agachado sobre o bebê, com vespas em volta de mim. Entretanto, elas quase que imediatamente voaram para fora dali pela janela quebrada.

O bebê só havia sido picado duas vezes. Disseram que aquilo era incrível: com todos aqueles milhares de vespas, ele levara apenas duas ferroadas.

Eu, por outro lado, corria sério risco. Estava todo inchado, minha garganta começava a se fechar, e os paramédicos me encheram de adrenalina e de anti-histamínicos. Mesmo assim, meu coração parou.

Eles pegaram as pás do desfibrilador e me eletrocutaram até que eu voltasse à vida.

Estive morto por 25 segundos.

Na manhã de sábado, Théo operou o coração. Eu ainda estava todo inchado e com uma aparência esquisita; mesmo assim, quis ir com Papai e Nicole para o hospital naquela noite para visitá-lo. Ele estava conectado a vários tubos e parecia muito pequeno. Mas os médicos falaram que a operação havia sido um sucesso, e que ele estava forte.

— Ele vai se recuperar completamente — disse o cirurgião a todos. — Ele só ficará aqui alguns dias mais.

— E depois, vamos para casa e tudo volta ao normal — falou Nicole, com alegria.

Vi Papai olhar para Mamãe e imaginei o que passava por sua cabeça. Talvez estivesse pensando: *O coração é apenas um dos problemas; há muitos outros.* Talvez estivesse pensando: *As coisas nunca serão normais.* Ou talvez, assim como eu, estivesse pensando que nós nunca podemos prever o que vai acontecer semana que vem, mês que vem, ou ano que vem; na verdade, ninguém consegue.

— É, vai ser bom voltar pra casa, não é? — disse Papai.

— E, de qualquer maneira, normal é uma coisa que não existe — falei.

Surpresos, os olhos de Papai encontraram os meus. Ele concordou e soltou um sorriso cansado.

O dedetizador veio outra vez, alguns dias após a operação de Théo, para se certificar de que não havia outros sinais de infestação.

Sexta-feira passada, a equipe de dedetização gastou um dia inteiro para retirar do nosso sótão o vespeiro que havia sido evacuado. Os destroços encheram cinquenta sacos de lixo. Eles também borrifaram as ripas com um produto químico para que outras vespas não tentassem construir vespeiros ali.

— Que coisinhas mais esquisitas — disse o dedetizador em sua segunda visita, quando saiu do sótão apertado. Com as mãos em forma de concha, ele carregava os cadáveres de algumas vespas pálidas.

— Você já viu vespas desse tipo antes? — perguntei.

Ele já era um senhor de idade e disse que havia passado a vida toda trabalhando como dedetizador. Fez uma careta como se tivesse provado uma comida horrível, e depois grunhiu.

— Acho que uma vez só, já faz muito tempo.

Acompanhei-o enquanto ele checava a parte externa da casa. O vespeiro que ficava sobre o quarto de Théo tinha sido arrancado da parede externa com um

O vespeiro

jato d'água da mangueira dos bombeiros. Ainda estava no chão, todo despedaçado.

— Agora, isso aqui é muito estranho — disse o dedetizador. — Está vendo isso? Dá uma olhada aqui para dentro: nenhuma cela. A rainha não botou nenhum ovo aqui. Isso é só uma casca vazia. Nada mais.

Depois que ele foi embora, comecei a analisar os pedaços do vespeiro. Encarei-os com atenção. Não havia qualquer sinal de que um bebê fora gerado naquelas paredes empapadas. Estava prestes a largar o último pedaço do vespeiro quando uma coisa me chamou a atenção. Uma pequena fagulha. Examinei-a mais de perto. Preso às fibras trançadas, havia um pequeno retângulo pálido e de bordas arredondadas: a menor e mais perfeita unha que eu jamais havia visto. Quando a retirei das fibras, vi que era como papel molhado; aquilo facilmente se rasgaria. Cavei um buraquinho no chão e a enterrei.

Naquela noite, quando fui dormir, estava mais cansado que jamais estivera na vida.

Tentei reler minhas duas listas, mas sabia que eu nunca chegaria ao fim de ambas.

Então, disse:

— Sou muito grato por todas as coisas nesta primeira lista.

Fiz uma pausa e, então, completei:

— Desejo que todos nesta segunda lista fiquem bem. O Sr. Ninguém também. E especialmente Théo.

Antes de cair no sono, pensei ter ouvido a badalada do sino do Sr. Ninguém, e tive certeza de que já não voltaríamos a vê-lo. Escutei Théo gemer e Mamãe falar com ele baixinho enquanto lhe dava a mamadeira.

Puxei as cobertas sobre minha cabeça e fui dormir no meu ninho.

Este livro foi composto na tipologia
New Baskerville Std, em corpo 12/21,
e impresso em papel offwhite na Lis Gráfica.